imaginist

想象另一种可能

理
想
国
imaginist

KARL OVE KNAUSGÅRD

在春天
OM VÅREN

【挪威】卡尔·奥韦·克瑙斯高 著　沈赟璐 译

上海三联书店

目录

你不知道空气是什么，但你在呼吸。你不知道睡眠是什么，但你在睡觉。你不知道夜晚是什么，但你却躺在夜里。你不知道心脏是什么，但它在你的胸膛里匀速跳动，日复一日，夜复一夜，昼夜不息。

你现在三个月大，如同被困在例行公事的安排里，成天躺在同一张床上，因为你没有幼虫那样的茧，没有像袋鼠那样的囊，也没有像獾或熊那样的巢穴。不过你有一个装奶的瓶子，有一个尿布台，放尿布和湿巾，有一辆带枕头和羽绒被的婴儿车，还有爸爸妈妈坚实温暖的胸膛。你就被这些东西包围着，慢慢地成长着，慢到没有人注意到，尤其是你自己，因为首先你自己就在不断超越自己，通过双手、嘴巴、眼睛和思想，想要抓住并牢牢握住你周围的东西，通过这个过程，你周围的世界被创造了出来，只有当你重复几年建立起了你的世界，那么你才会开始发现抓住你的东西，而你也会向内生长，朝自己的方向生长。

新生婴儿的世界是什么样的呢？

光明，黑暗。寒冷，温暖。柔软，坚硬。

存在于房屋中的所有事物，家庭关系创造的所有意义，所有人居住的意义，都是无形的，它们并没有隐匿于黑暗中，而是藏在无差别的光明里。

曾经有人告诉我，海洛因很美妙，因为它能唤起类似于我们小时候的感受，当一切都被照顾妥帖，我们沐浴在彻底安全的感觉里，这从根本上说是好的。任何经历过这种高潮的人都想再次体验它，因为他们知道它存在的可能性。

我的生活与你的生活隔着一道深渊，里面堆满了问题、冲突、职责，以及必须要安排、完成和修复的事情，还有必须要满足、必须拒绝甚至会受到伤害的念头，所有这些都源源不断，几乎没有什么是静止不变的，一切都在运动中，每件事都需要应付。

我今年四十六岁，我的洞察力告诉我，生活就是由所有必须去应付的事情构成的。而所有与幸福相关的，却恰恰相反。

应付的反义词是什么呢？

应该不是退让，也不是后退到你那光明与黑暗、寒冷与温暖、柔软与坚硬的世界里。也不是那些无分别的光芒，不是睡眠或休息。应付的反面是创造，建造、添加之前不存在的东西。

比如你，你过去压根就不存在。

爱不是我经常使用的一个词，就好像它与我的生活、与我所知道的世界相比，太宏大了。而我实际在一个用词谨慎的文化中长大。我母亲从来没有说过她爱我，我也从来没说过我爱她。我哥哥也是这样。如果我告诉我母亲或我哥哥我爱他们，他们会感到震惊，这样会给他们带来负担，如同以一种暴力的方式打破了我们之间的平衡，就好像我在婴儿的受洗仪式上喝醉了一样。

你出生的时候，我对你一无所知，但我却对你充满了感情，一开始是压倒性的感情，旁观的人看来也是如此——好像房间里的一切都被浓缩了，仿佛一种能吸引所有意义的重力一般，最开始的几个小时，只是有那么一种感情，渐渐地感觉越来越自然，好像事先安排好的日常生活，通过时间的无限稀释逐渐弥漫，但始终存在着。

我是你的父亲，你认识我的脸，我的声音，还有我抱你的方式，但除此之外，我对你来说也可以是任何人，填充着任意的事物。我自己的父亲，也就是你的祖父，已经去世了，他生命的最后几年和他的母亲一起度过，他们的生活是没有情感的。他嗜酒如命，身体退化，最后再也应付不下去，只能放下一切，只管坐下来喝酒。他和他的母亲住一起的这件事，是有意义的。因为她生下他，照顾他，把他带到这里和那里，确保他吃饱穿暖，身体不淋湿。他们之间的纽带从未被打破。他曾经尝试过，据我所知，但并没有成功。这就是他最后留在那里的原因。他可以在那里堕落。无论多么残缺，无论多么狰狞，也有人爱着他。遥远的内心深处的爱，无条件的爱。

那时候我还没孩子，所以我也不懂。我只看到丑陋、没有自由和倒退。现在我懂了。爱有很多，大部分都是转瞬即逝的，与当前发生的一切，来来去去的一切，以及一开始充满我们身体但又使我们空虚的一切都有关，但是无条件的爱是永恒的，它会在人的一生中发出微弱的光。我希望你能知道，你也出生在爱的氛围中，不论发生什么，只要你妈妈和我还活着，爱就会包围你。

或许有一天你不想知道它，或许你想远离它。有一天你会明白，这并不重要，因为什么都不会改变，无条件的爱是唯一不受束缚但却让人自由的爱。

束缚你的是另一种东西，是另一种形式的爱，不那么纯粹的爱，与你爱的纠缠在一起的爱，那种爱的力量更大，大到遮盖其他的一切，甚至毁灭一切。那样，就必须要对付这种爱了。

我不知道你的生活会是什么样子，我也不知道我们会过得怎么样，但我清楚你现在的生活，还有我们现在的感受。你对现在的一切不会有任何记忆，一丝一毫都没有，所以我会把我们生活的每一天替你记录下来，把你度过的第一个春天告诉你。你的头发有些稀薄，在灯光下略微泛红，长得有些不均匀。后脑勺上一个圆圆的地方，上面一点头发都没有，很可能是因为你总是把脑袋压在枕头和毯子，还有沙发和椅子上，但我仍然觉得很奇怪，因为你的头发也不像草，不可能只生长在有阳光照射和空气流动的地方吧？

你的脸圆圆的，嘴巴小小的，但是嘴唇相对比较宽，眼睛很大，圆溜溜的。你睡在房间尽头的一张小床上，上面悬挂着非洲动物玩偶。而我睡在旁边的一张床上，因为在夜晚照顾你是我的工作，你妈妈睡觉的时候很敏感，而我睡得很沉，和孩子一样，不管周围发生什么。有时你会在半夜醒来，因为肚子饿了而尖叫，但由于我没有醒，或是把你的尖叫当成很远的地方传来的声音，你艰难地发现，天黑以后可别指望什么。所以过了没几个星期，你就能睡一整夜了，从晚上六点上床睡觉，然后早上六点醒来。

今天和其他日子一样，早晨拉开了一天的序幕。你在黑暗中醒来，开始尖叫。

当时是几点呢？

我摸索着手机，它应该就在我头顶的窗台上。

找到了。

屏幕只有我手掌那么大，但是它模糊的光芒几乎充满了整个黑漆漆的房间。

现在是五点四十分。

"哦，时间还早，我的小姑娘。"我一边说一边坐了起来。

这个动作让我的胸口发出沙沙的喘息声，还咳嗽了一会儿。

你安静下来。

我两步走到小床前弯下腰，一只手放在你小胸腔的一侧，把你抬起来，抱在我的胸前，另一只手支撑着你的脖子和脑后，虽然你现在已经可以自己抬起头了。

"你好，"我说，"睡得好吗？"

你平静地呼吸着，脸颊紧紧贴在我的胸口。

我带着你穿过大厅，走进浴室。透过窗户，我看到东方地平线上方的一条狭窄光带，在黑色的天空和大地的背景下泛着红色。屋子里很冷，夜晚繁星点点，肯定降温了，但幸运的是，烘干机整夜都开着，房间里仍然残留着一些热量，有时几乎有种热带气候的气氛。

我轻轻把你放到浴缸和脸盆之间的换洗台上，然后又咳嗽了一声。有口痰涌上喉咙，我把它吐到水槽里，打开水龙头冲下去，我看到它靠在下水道的金属壁上，光滑又坚韧，水从两边流过，它慢慢向一侧滑落，仿佛带着自由意志，突然消失在下水道中。我瞥了一眼水槽上方的镜子，瞅了瞅我那张戴着面具一般的脸，然后关掉水龙头，弯下腰。

你抬起头看着我。如果你想到了什么，那应该不可能是文字或概念的东西，也不可能是构思出的某个成果，只是你感受了某样东西。"这就是他。"当你看着我时，可能会感觉到，看到我这张你认识的脸，会带给你很多其他的情绪，与我过去对你所做的事情或与某种方式联系在一起。很多东西在你身上，只能是模糊和开放的，就像天空中变幻莫测的光线，但有时一切都必须聚拢在一起，变得清晰而不可避免，这就是最基本的身体感受，包括饥饿、口渴、疲倦、过冷和过热的感受。就是在那些时候，你会发出哭叫。

"你在想什么？"当我解开白色睡衣的第一颗纽扣时，我想说点什么来分散你的注意。但你仍然噘起下嘴唇，嘴巴开始颤抖。我用食指猛敲了一下换洗台上挂着的一架小型木质飞机的机尾，让它旋转起来。然后我解开下一颗纽扣和下下颗纽扣的时候也一样。

"别告诉我你今天还会上一样的当。"我说。

但你果然上当了。当我脱下你的睡衣时，你睁大眼睛盯着空中盘旋的飞机。在我把睡衣放进洗衣篮的时候，头上的天花板有脚步声。肯定是你的小姐姐在走路，因为大姐姐总是能睡多久就睡多久，而你的哥哥应该已经起床了。我扯开尿布上的胶带，把它往下拉。当我把它扔进垃圾箱的时候，我感觉它沉沉的，尿布可能会以意想不到的方式出现，因为人们的预期里，尿布的材质应该是相当轻盈的。不过我喜欢那个分量，它透露着一切都好的意思，证明你的身体在正常工作。家里其他的东西基本都出故障了，从炉子上方的荧光灯管开始，这玩意儿一年多前就开始闪烁，最后完全熄灭，现在依然毫无用处地嵌在灯座上。还有汽车，如果行驶到一定速度，就会突然开始摇晃，然后被拖车运到修理厂去。更不用提那些发霉或变质的食物，以及从衬衫上掉下来的纽扣和卡住的拉链，另外还有时不时罢工的洗碗机和厨房水槽的管道，管道可能是在花园的某个位置被堵住了，也可能是有油脂凝固导致水下不去，之前来这里修理的水管工就这么说过。但屋子里的小家伙们，身体倒是一直运转良好，从未出现损坏或报废的情况，孩子的身体从外表看光滑柔软，内在却要比任何机器或机械结构都复杂得多。

我给你换上一片新尿布，用手拉开连体衣的领口，从你头上套下。你慢慢地挪动着自己的腿和手臂，像爬行动物一般。我把你抱起来，抱着你走进厨房。你最小的姐姐也进来了，她光着脚，眼睛还没完全睁开。

"早上好，"我说，"睡得好吗？"

她点点头。

"我可以抱抱她吗？"

"可以，这很好啊，"我说，"我给她冲奶。来，坐到长凳上。"

她坐在长凳上，然后我把你递给她。我一边给亮黄色的烧水壶加水，一边找奶粉和奶瓶，量了六勺，倒进温水里，你半坐半躺在姐姐的怀里，脚不断地踢蹬。

"我觉得，她好像很高兴。"你姐姐一边说话，一边把你的小拳头握在她手里，这样的对比突然显得她很大。

她九岁了，是一个为别人考虑胜过自己的孩子，这是她身上的一个特质，我很想知道，是什么造就了她这样的性格。她有一个光明的灵魂，生命如潮水般从她身上流淌而过，没有遇到太多障碍，也许是因为她不怀疑自己，也不会反问自己，这在某种程度上意味着她的自我不需要任何努力或付出，在她的内心深处为其他人留出了足够的空间。如果我生她的气，稍微拉高一下嗓音，她就会有剧烈的反应，开始绝望地哭泣，让我没法忍受，立即试图收回一切。她通常会在房子里的某个角落里，一个人静静地忍受着痛苦。但这种情况鲜少发生，首先是因为她表现很好，几乎从来不犯错，其次是因为，对她来说，做错事的后果太沉重了。

"是的，这很好。"我一边说一边拧开瓶盖，用拇指将柔软的奶嘴压到一边，以免溅出来，然后摇晃瓶子。东边慢慢浮现出红色的色带，颜色没有之前那么浓郁，仿佛被淡化了一般，而上方的天空已经开始褪色。大地朝着四面八方延伸，还没来得及反射光线，花园里的树木也没有，相反，它们似乎在某种程度上吞噬了原有的光，黑夜慢慢充满灰色的颗粒，仿佛黑暗膨胀起来。

"你想喂她吗？"我说。

她点点头："但我必须先去趟洗手间。"

我抱着你走进客厅，你哥哥正躺在沙发上玩游戏，面前放着一台苹果电脑。他的绿色睡衣有点小了，头发有些凌乱。

"你在这儿？"我说，"起来很久了？"

"嗯。"他嘴上和我说话，眼睛却盯着屏幕。

"你知道早上不能玩游戏的规矩吗？"

"知道。"他说。

他抬头看着我笑了笑。你的眼睛在瞥书架上的台灯。

"但现在没事情可做。"他说。

"你可以看书。"我说。

"可看书很无聊。"他说。

"那你可以穿衣服了，"我边说边坐下来，"你是不是觉得穿衣服也很无聊？"

"是的，"他边说边笑，"所有事情都无聊！"

我把你放在腿上，后脑勺枕着我的膝盖，然后微微抬起你的脑袋，这样你就几乎坐在我腿上，我的眼睛正好对上你的目光。

你挥动手臂，发出咕噜咕噜的声音。

"你在想什么？"我说。

你急切地盯着我看。

"你知道我们今天要做什么吗？"我说。

你似乎想动一下头，但又没能控制好，往一侧歪了过去。

"我们要去赫尔辛堡看妈妈，"我说，"等我把其他人送去学校后就出发。"

"我也想去看妈妈。"你哥哥说道，他蜷缩在我们旁边。你一直睁大眼睛盯着我看。我们曾经每天都这样，这是我们的一种练习，它源于恐惧，因为当你还是个新生儿的时候，我完全无法与你沟通。在你出生后的第一个月，你几乎一直在睡觉，当你不睡觉的时候，你通常会把目光移开。你的哥哥姐姐身上没有出现过这样的情况，相反，我一直记得他们睁着好奇的眼睛看我的眼神。我无法忘记那种眼神接触，因为我仿佛看到了他们，看到了他们的模样，看到他们似乎在自己的眼睛中浮现出来。如果说他们的内心是一片无差别的情感构成的森林，那么这些时刻就像是森林中的一片空地，一个突然开阔的区域。但我从没有在你的眼睛里看到这样的空地，你的目光从未完全呈现过你自己，这让我感到害怕。我怕你哪里出了问题，甚至怕你大脑有损伤，或者患有自闭症。我没有对任何人吐露过这件事，因为我觉得，一旦说出口那就会一语成谶，如果不说就完全不存在了。如果不存在，那它就还没有落下来，如果没有落下来，它就还可以消失。

换句话说，我用无视来对付害怕和恐惧的事情。但这件事比害怕的程度还要厉害，它是致命的。

你不会看我们。

这种情况持续了一个月。然后你慢慢地出现了，你越来越多地出现在房间里，而不仅仅是在自己的内心。当我看到你也出现在自己的眼睛里，看到你眼睛里流露出喜悦，我的不安就消失了。你早产了一个月，这可能就是你需要额外几周才能和其他宝宝同步的原因。但这件事带给我不小的震撼，所以在和你说话、对视、聊天或者玩耍的时候，我都格外小心。

我曾经担心你有脑损伤或患有自闭症，因为你妈妈在怀着你的时候服用过一次强效药物。她当时情况很紧急，虽然

她服用的药也能适用于你，所以原则上没有危险，但为了安全起见，你出生在一个特殊的病房里，第一周你一直在那里接受监控。没有任何迹象表明你有任何问题，你的身体非常健康，但每当我们试图和你有眼神接触时，你却总把目光移开，所以我不可能不担心你。

另一方面，我知道婴儿有多么坚韧和强壮，要打乱他们的生理生命进程需要付出多大的代价。我不认为母亲的精神状态会影响到他们，虽然他们确实躺在子宫里，在温水中漂浮，尽管他们和母体共生，但他们也是自主的，因为他们生长的遗传密码从一开始就确定好了。

我有时会想，在更早的时候，人们就已经明白了这一点，因为这就是"命运"这个词要表达的意思：很多事情在孩子出生时就已经是注定的了。

"我们大家马上就要一起去看妈妈了，"我说，"但今天你要去上学。"

"如果我不想去呢？"他说。

"那我只能带上你了。"我说。

话音未落，你姐姐走了进来，她在我们旁边坐下，动作很轻柔，还带着一些困意。

"你回到家以后，外婆会来家里。"我说。

"真的吗？"你姐姐说。

"是！"你哥哥说话的时候，突然急切地看着我，"我能和她一起睡吗？"

"这个我想，应该可以，"我说，"但今天晚上正好是五朔节之夜[1]，你们可以比平时稍微睡得晚一些。"

"外婆也一起去？"

"我不知道，"我一边说一边起身，"你俩能稍微带一带她吗？我好去喝杯咖啡。"

你姐姐点点头，我把你放在她的胳膊上，把瓶子递给她，她立即顺手塞进了你的嘴里。

"那你有事的话，可以来找我，"我看着你哥哥说道，"你俩搞得定吗？"

"那当然了。"你姐姐回答道，她太专注自己的任务，都没空看我。

1　挪威语 Valborgsmesse，广泛流行于中欧和北欧的春季庆祝活动，又称为沃尔普吉斯，每年 4 月 30 日晚至 5 月 1 日举办。

"有什么事就出来找我。"我又说了一遍，走到厨房，给自己冲了杯咖啡，然后走到门廊，把脚塞进鞋子，打开门。凉爽的春日气息像薄膜一样落在脸上。太阳现在已经从地平线升起，这团炽热的橙色光芒清晰地集中在头顶的天空中，遥远的距离让光线分散开来，似乎融入了这里的空气中，明亮而轻盈地落在所有事物的表面，反射出柔和的色彩，除了像苹果树顶端这样被阳光直射的地方，半卷的叶子像小镜子一样闪闪发亮。

我穿过院子，来到对面的小房子，那是我用作书房的地方，可以抽烟。我们买下这里的时候它还是个作坊，虽然我已经把所有的墙壁都放满了书，但它仍然保留着以前使用过的痕迹，似乎是为了适应简陋的机械操作，以某种难以定义的方式组装起来的，跟户外活动联系在一起，就像一个车库，无论是地板上的地毯还是墙壁上的挂画都无法掩盖这一点。

我在角落里的椅子上坐下来。桌子上放着一堆装着账单的信封，这让我有点良心不安，因为我从来没付过这些账单，每次付钱都晚一步，信封里面还夹着催款和催收通知单。缴账单很简单，只需要付钱，我有钱，只需要花最大的努力去管理好就行。堆在最上面的是税务监督部门的账单，这比较严重，如果不付钱，就会有人来敲家里的门。住马尔默的时候发生过一次，住在这儿的时候也有一次。

啊！

我拿起信封，打开它，把账单放在面前的桌子上，打开Mac笔记本，登录银行网站，从后兜里掏出小卡包，然后也放在桌子上，接着四处寻找小小的密码器。原来在我身旁的书架上，放在威廉·布莱克的一本书上。我插入密码器，输入密码，在银行网站上输入代码，然后进入支付账单的页面。

都搞定后，我喝了一口咖啡，在布莱克下面的架子上找到了一包香烟，打开了斯文·尼克维斯特的书，名叫《光的尊崇》，还有一本克劳斯·曼的书，这本书我从来没读过。这些书我都买来很久了，在同一个地方放了这么多年，以至于我和它们之间有一种亲密感，这让我想起了花园里的花朵，而不是书。看书和赏花都让我感到满足——这边是百合花，那边是冰岛的北欧神话；这边是雪莲花，那边是杰恩·安妮·菲利普斯的书——当我拿出其中一本书开始阅读，那感觉仿佛我把花朵插在了属于自己的花瓶里。

有一次我坐在办公桌前工作，我突然想到这种感觉，当时身后突然传来砰的一声。我抖了一下。原来是书掉在地上了，一定是从书架上掉下来的。但怎么会掉落的呢？它原本被安放在一个完全水平的书架上，夹在其他书中间。我好奇地起身走到书架前。

会不会是动物？老鼠还是仓鼠？

不会。因为在掉落的这本书所在的空间，长着一株爬山虎。它沿着屋外的墙壁长到了屋顶，然后在屋顶上找到一条缝隙，进入了屋顶内部的结构，在横梁和木板之间沿着房间内的墙壁爬下来，碰到书架后，这株爬山虎往书堆里挤压，那是布雷特·伊斯顿·埃利斯的小说《美国精神病人》。挤压的速度慢到极致，一毫米一毫米的，直到那天书的地心引力起作用，最终砰的一声掉在了两米以下的地板上。

我还是觉得很神奇，这种盲目的生长力甚至有些吓人。之后，我把爬山虎清理干净，把它们像绳子一样从缝里拉出来，一团接着一团。我发现生长在屋檐下的爬山虎是白色的，所有活在黑暗中的生物都是如此。

　　我向前倾身，将香烟的灰色滤嘴靠在杯子的边缘上。从我坐的地方，可以看到另一栋房子，包括通往餐厅的窗户和门，并且能对那里发生的事情有一个初步的想象。让你的哥哥姐姐来照顾你，我仿佛偷到了片刻的时间，偷的感觉有些不自在。我知道一切都没事，不会有什么危险的事情发生，所以当我靠在椅子上时，更多的是觉得这么做在他人眼里是一种错误的行为，进而为此感到烦恼。我尽量克制自己的吸入量，不让自己发出咳嗽声，把烟吐出后我喝了一口咖啡。如果现在有人到这里来，发现我坐在里头抽烟，让孩子们照看刚出生的婴儿，可能什么反应什么想法都会有。

　　去年夏天，也就是你出生前的六个月，我被召集到儿童福利机构去开会。这算是例行公事，每次到时间了就会组织开会，过去也这样，但我并没有因此而不受影响。这不仅是因为坐在办公室里回答两位二十多岁的年轻女性关于我的孩子和家庭生活的问题是一种羞辱，还因为这种会谈让我觉得，作为一个家庭，竟然已经接近外人有权干预、有权提建议，甚至有权接手的地步，这让我觉得可耻。虽然这种事永远都不可能发生，但仍然是利害攸关的问题，也是这场会谈最极端情况下可能出现的后果。

因此，我那天就打扮得不像我自己，我没有像往常一样不做梳洗就出门，以往我经常顶着一头乱糟糟的头发，身上的衣服一穿就是好几个星期。如果我以那样的形象出现，那他们会以为我也不给孩子们洗澡，他们的头发也是乱的，而衣服也都是穿了好几个星期的。不行，那天早晨我洗澡洗头刷牙，换上干净体面的衣服，坐进车里，开车进了城。

那是一个美好的夏天，每天都是蔚蓝的天空，静谧的空气，炽热的阳光，那天也不例外。当我把车停好，阳光洒满了整座城市，我身边的引擎盖、屋顶、窗户和外墙都在发光，虽然时间还早，但街上已经有很多人，他们穿着短裤 T 恤，背心短裙，还有凉鞋和运动鞋。例会地点在广场边上的功能性大楼，建筑在人行道上方投下阴影，空气温暖又浓稠。

我在前台办理好登记手续，被要求坐下来等待。和所有等候室一样，那儿的桌子上放了一堆杂志，现在几乎总是这样，至少每次我去医疗中心、医院以及汽车修理店，等候室里也常常放一些免费的当地报纸。我随手拿出一本，看了看日期，有几个星期了，但没关系，因为新闻故事有一个奇怪的属性，所有文字都是空洞的，不会留下半点痕迹。当你读完它们，那感觉仿佛和没读过一样。

两位年轻的女士走进了房间。我起身和她们握了握手，然后她们让我随她们一起上楼。我们走进一个大房间，她们坐在桌子的一侧，我坐在另一侧，面前放着文件。她们说这是例行公事，每次到时间就会这样。我说我明白的，并对她们微笑，尽量表现得友好和正常一些。窗户下能看到一个小公园，我凝视了片刻，树梢一动不动，茂密的树叶里透着光，行人从下面经过，汽车在阳光下闪闪发亮。

然后我看着那两位女士。

"你们自己有孩子吗？"我说。

"嗯，不好意思，没有。"其中一位说道。另一位摇摇头对我微笑。

所以她们对孩子一无所知，我越想越觉得恼火，竟然让两个没有任何经验的年轻人来探询我和我家的情况，除了读到和听到的知识外，她们一窍不通。

他们问我家里都发生了什么事，然后我一一告诉她们。

接着她们让我描述孩子们的情况。我照做了，先聊了聊老大，然后是老二，最后是最小的。我知道她们要确保我和孩子们保持沟通，要我"注意"到他们，要我意识到他们是谁，我尽可能回答她们想要知道的东西，尽管这样做让我很烦躁，因为她们自己没有孩子，也无法将我说的和自己的经历联系起来。与此同时我也很紧张，一直在大脑搜寻合适的词汇，生怕自己说得不够充分，暴露了缺点。

当我说话时，其中一个女孩子似乎一直在憋笑。

难道我说的有什么好笑的？

还是我讲孩子的方式有问题？

我的眼睛突然有点湿。

我把目光转移到别处，要是在这里哭出来，那可能是最糟糕的事了，届时她们就会在文档中写下"不稳定""不适合"或是"父亲的情绪脆弱"。

"要讲孩子的事情不容易，"我说，"太多了。"

"这我们明白。"其中一位笑着说。

"现在谁在照顾孩子？"另一个问。

"两个来我家拜访的朋友，"我说，"是一对夫妻。他们自己有三个孩子，两个已经成年了，最小的那个最近刚从家里搬出去。"

"听起来不错。"其中一位说道。随后两人都笑了。

这场会谈只持续了不到半小时，什么都没有发生，但当我再次来到街道上，我感到有些震惊。让我觉得震惊的是这种服务，是孩子们需要我们以外的人保护。是的，甚至可能是从我们自己手里保护他们。

从那时起，孩子们每一次情绪失控，房子里所有的乱七八糟，日常事务的所有失序，都会让我想到儿童福利机构，我们仿佛生活在刀刃上一般。

理智告诉我事实并非如此，但光凭想象我就感受到了威胁：我们生活在刀刃上。即使只是晚上喝点啤酒这种小事也是无法想象的，我想象一场突如其来的家访，自己一边坐在沙发上喝酒，一边要负责照顾三个孩子。

但孩子们什么都不知道。有时候我觉得自己的工作就是挡住阴影，让孩子们在光下成长。我需要吞下阴影。

她们肯定猜到了什么。有些阴影我没法吸收，又或许我自己就是那个阴影。

我把还在燃烧的烟头丢进桌子上的杯子里，它发出一声短促微弱的嘶嘶声，熄灭了，我起身走回屋子里。

过了一会儿，我带你的哥哥和小姐姐去日托中心，你躺在摇篮里，仰望着湛蓝的天空。

这条路穿过隔壁农场的院子，在一座半边是马厩、半边是谷仓的巨大砖房和一所农舍之间，农舍建在一棵枝繁叶茂的大树下，稍稍远离公路。沿着一条土路向下，一侧是树木，另一侧是广阔的田野。每年冬天我们都会在黑暗中走这条路，离地平线上可能出现的第一道光很远，它出现的时候就像一条苍白的丝带，如果天空万里无云，那感觉仿佛置身于宇宙中的某个地方，在恒星和行星之间。而在夏季，光线似乎使这里的一切变得更加明亮，田野和树木，土壤和草地，越接近仲夏，就越茂密，越丰富。

而现在到处都还称不上繁盛，风景与夏天相比没有那么充实饱满，树木的绿色还只是点缀，因为这就是四月的模样：花蕾，新芽，迟疑，犹豫。四月存在于沉睡和飞跃之间。四月是对其他事物的憧憬，而憧憬的对象尚属未知。

我一只手推着婴儿车穿过建筑间的空地，另一只手牵着你哥哥，他快七岁了，还会不假思索地牵住父亲的手，姐姐走在另一侧，两人的书包在背后晃来晃去。其实我想让他们自己去上学，就像我在他们这个年纪时那样，但现在这个情况，我担心工作人员以为我过于懒惰，对他们疏于照看。所以我只好每天早上跟着他们步行几百米，走到日托中心的所在地。

我们走上一个小山丘，从这儿可以看到田野向外延伸到远处平缓的山坡。有的田地黄灿灿的，长着油菜花，有些则偏绿色，还有些是干枯的褐色，不久前刚被犁过。一切都在低垂的烈日下熠熠生辉。

"你今天什么时候来接我们，爸爸？"你姐姐问。

"我不知道，"我回答，"大概四点？"

"爸爸还要去看妈妈的。"你哥哥补充道。

"我也想妈妈。"姐姐说。

"我知道，"我安慰道，"她也想你。"

"想我吗？"哥哥急了。

"想的，当然想了！"我立马回应。

我一直都知道，他们爱她胜过我，或者爱得更热烈。她比我更温暖、更真诚，给了他们我无法提供的东西。但他们也需要我，因为每当我从外面回到家里，都好像会令他们的内心安定下来，屋子里也平静了，我的存在似乎为他们的生活创造了一种平衡。

婴儿车的颠簸让你的眼皮越来越沉重，当我们停在那栋黄色建筑外的时候，你已经睡着了。这栋建筑还有一部分被用作老人咖啡馆。我把你留在婴儿车里，跟着他们进去，见了见工作人员。其中一个人推着放满了牛奶、酸奶和早餐麦片的推车，里面的房间里有五六个孩子围坐在两张桌子旁等着。

"你好。"我说。

"你好。"她回了一声。

你的哥哥姐姐已经脱掉了他们的鞋子和夹克。姐姐在跟着哥哥进去之前匆匆抱了我一下，我一直在思考她这么做是自己想抱还是安慰我。

"玩得开心点哦！"我一边说，一边看着他们坐到椅子上，融入其他孩子当中，清晨的孩子们都很安静，与我不再有所联系。当我关上自己的房门时，也有类似的感觉，孩子们仿佛从我的意识中消失了，一整天我都想不起他们，直到下午要去接他们的时候才会回到我脑海中。

你在外面继续酣甜地睡着，我用脚松开刹车，单手推开铁门，将婴儿车拉出来，再关上门，开始沿着狭窄的柏油路朝马路走去，大约过了二十米就拐上了土路。

树木紧贴着道路生长，几乎像是一堵墙，它们是一小片森林。这是一块方形区域，位置在村子里多数人口居住的大型住宅区和我们居住的教堂附近的老区之间。有一栋破旧的砖砌大房子，还有一个池塘，我猜是人工的。周围围着一圈栅栏，相比森林，这里更可能是一个废弃的公园或是花园。有种阴郁的气息弥漫在这里，地面似乎浸过水，长期笼罩在阴影下，但我觉得，这里一定曾经是某个中心，那种金钱流入又流出的地方。也许它属于教堂，或者干脆是教区牧师的居所。

几十年前，村里有一家啤酒厂，还有一家奶制品厂、几家商店和作坊、一家银行和一家邮局，火车也曾在这里停靠，但后来农业机械化时代来临，到了1960—1970年代后，这些第二产业都停办了，人们也慢慢搬离了这里。现在只剩下一家杂货店了，估计老板退休后也会搬进城里，她之前曾提过一次。我们住在这里的第一年，老学校关门了，幼儿园也面临招生数量不足、难以维系的问题。

在树林间有一片小丛林，一匹高大的马站在那里，注视着我们。脚趾周围蓬松的毛发看起来像是穿了双皮靴。这可能是一匹阿登马，这是我的分析。阳光洒在它宽阔的脊背上，沿着它肌肉隆起的侧腹流淌而下。它目光平静，若有所思，看了我们一会儿才低头继续吃草，而我则推着你的婴儿车慢慢走向平缓的山顶，一个穿着连体工作服的男人从农舍里走出来，穿过院子，登上一辆皮卡车。我抬手打了个招呼，他也回了个招呼。虽然我们是邻居，但除了打招呼，我们从来没交流过，我对他的情况也一无所知。这其实和定位有关，比如他的房子在我们家的后面——他是独居在此吗？他有妻子儿女吗？——我们与门前的马路及其所代表的与城市的联系相关联，和通过电缆流入并出现在我们电视机以及电脑屏幕上的世界紧密相连，而他的家则在背面，面对着田野乡村，那儿或许也是他的工作地点，是我经验领域之外的世界，古老的风貌占据了视野，广袤的土地和围了一圈房子的小教堂。我们生活在这两者之间，每一天都能看到这样的画面，接连成片的田地，一望无际的村庄，鳞次栉比的教堂，让我心向往之，它们有股巨大的魔力。我向往的究竟是什么呢？我向往的也许是与它们的连接，不是用眼神，而是心意的相通。

那么身体呢？在土地上耕作？其实我这辈子没干过几次农活，但我并不向往这种生活，我喜欢坐在暖气屋里，翻翻书，看看电视。

这么说也不算完全正确。近年来我一直定期忙花园里的活儿，最开始的几小时有些抵触，觉得无聊，但之后我仿佛穿过一堵墙，工作有了节奏，而且沉迷于此，直到接近午夜才停下来。

但上帝啊，这可是一座花园！

花园像人造的小世界，那里的自然是假装的自然，其实是不必要的，除了灵魂上的满足，没有任何实质的产物，这种满足也只是一种假装的满足，因为花园本就是人造的。

初升太阳的光芒让面前棚屋的砖块泛着微红。大约一百米开外，有辆小屋大小的拖车行驶在乡间的小路上。发动机深沉的轰鸣声像是在空气中颤抖，头顶传来乌鸦的叫嚷，它们在阴郁的庄园角落的一棵大树上筑了巢。我突然想起了1970 年代沃尔沃汽车特有的声音。在发动机的隆隆声和轮胎与沥青路面摩擦发出的沙沙声外，它们还会发出一种尖细、高亢、近乎哭泣的声音，就像一支小笛子。那时我们走在住宅区上层的道路上，视野之外的主干道在我们下方十几米处，我总能听得出刚才路过的是不是一辆沃尔沃。

我从马厩后面的小路拐进来，推着婴儿车穿过邻居家的草坪，进入我们家的后院。穿过院子的大门，走到家门口，我把婴儿车停在那儿，这样就可以从窗户看到你，然后我走进门廊。

"你醒了吗？" 我喊道。

你姐姐在上面咕哝着什么。

"你现在必须要起床了，"我说，"巴士半小时后就来了！"

"哦哦哦。"她说。

"现在！"

"哦！我说了哦了！"

"好的！那起来吧！"

"哎呀，爸爸！别说了！"

我走进厨房，往吐司机里放了两片面包，打开电热水壶的开关，从冰箱里取出人造黄油、一块黄色的奶酪和一包火腿，放在托盘上，端到有餐桌的房间里。这会儿你大姐姐下楼了，她把羽绒被像斗篷一样裹在身上，从我身边经过走到客厅里，都不瞧我一眼。

"你要喝茶吗？"我说。

"不用，谢谢。"她回答。

"我已经煮了。"

"那你为什么还问我？"

"有道理。"我边说边走到窗边看你是否还在睡觉。你仍然在睡。我回到厨房，从盒子里拿出一个茶包，找了个杯子，把茶包挂在上面，再把热气腾腾的水倒进去。

"那来吃吧。"我端着杯子和盘子，放在她的位置上说道。

"我不饿。"她的声音从客厅里传来。

"至少吃一片面包。"

我站在门口。她躺在沙发上，身上盖着羽绒被。屋子里很暗，太阳照在房子的另一边。外面的马路灰蒙蒙的，空气有些干燥，阳光从树木和篱笆，房屋的墙壁和灌木丛之间洒进来，落在马路各处。

"对不起，小姐，"我说，"巴士二十分钟后来。但你现在连衣服都没穿好。"

"时间还早呢。"

"你现在动起来还来得及。你妹妹睡在外面的婴儿车里，你能不能帮我看着她一会儿？如果她醒了和我说一下行吗？"

她疑惑地抬头看着我。

"那你要去哪里？"

"去蹲马桶。"

"这个细节我没问你。"她说。

"你就是在问我细节！"我说。

我看出来她在憋笑。

"那你行吗？"

"行吧，"她一边说一边坐起来，"但是我不要喝茶。"

我走进浴室里，锁上身后的门，脱下裤子，坐在了马桶上。母亲给我们织的白色窗帘上洒满了阳光。一个长脖子小脑袋的影子在便器上来回晃动，小便溅在釉面上，流向马桶底部。窗帘仿佛完全将阳光吸了进去，布料里像藏着个光源，光就从窗帘内部射出来。厕所里的所有东西，例如放在更衣台下面架子上的两块大肥皂，是给坐在浴缸里的人所准备的，一块是浅蓝色，有点近乎绿松石的颜色，另一块是沙色的，上面还有制造商刻在表面的字母，还有旁边一小摞叠起来的毛圈布，这些东西仿佛独立在光线外。光线很谨慎，它均匀地分布在这个小房间里，让人觉得它仿佛看不见，但又仿佛将所有物品托举到你眼前。塑料瓶里装着洗发水和护发素，瓶子是白的，软木塞是绿的，鼓起来的塑料袋是蓝色的，里面装着尿布，洗脸盆上放着杯子和里面的牙刷，有红色、白色、黄色、绿色以及蓝色。所有这些东西都放在这个房间里，并且构成了它特有的空间。但这个房间只存在于脑海中，只属于我们的思维。所有的画家都会有这种意识，所以他们学的第一个本领不是临摹某个物体，而是要画出物体之间的空间。他们可以在不进入这个空间的条件下与空间建立联系。即便是你一天去几次、比其他任何场所都熟悉的浴室，也是通过对现实的假设而维系在一起的，如果你努力去对抗想象所创造的这个空间，即便不至于变成荒野，那也只会是一些形状、图案、颜色和平面的混乱堆积。

但为什么要这么做呢?

我收紧腹部肌肉，体验粪便滑过最后一段肠道的感觉，随着越来越多的废物进入肠道，粪便一直堆积在这里，就像一段塞满东西的香肠，从我的肛门排出。

它最动物性的地方与其说是隐隐约约的满足，不如说它闻起来很香。我一直认为，这其中有某种未开化的意味，总觉得自己的粪便闻起来温和舒适，而其他人的气味却糟糕反胃。

我起身，撕下一条卷筒纸，把自己擦干净。当我准备把纸扔到马桶里冲走时，发现上面全是血。

淡红色的血顺着白色的釉面流下，底部的血色更深也更浓。

是血吗? 为什么这么多?

血是危险信号，我害怕了。

但后来我想，发生就发生了。

这个想法不错。

　　尽管我知道卫生间里没有其他人，但我还是环顾了一下四周，然后才按下水箱上的按钮。我看到两侧流下亮晶晶的净水，看着水从排水管出来，再将红色的脏水冲走的过程。接着我拉上裤子，在水龙头下洗了个手，然后用挂在旁边的毛巾擦干。我想，兴许只是痔疮罢了，毕竟我每天都坐着不动，而且一坐就坐了很多年。没什么好担心的。

　　但我的祖父曾经死于内出血不是吗？他之前以为是痔疮，没去看医生，最后祖母发现他躺在浴室地板上，等到了医院才发现失血量很大。

　　这就是祖父的死因吗？

　　不，他出院后又生活了一段时间。

　　那他是怎么去世的呢？

　　我开始回忆祖母和我说起这件事时所说的话。他躺在浴室的地板上，奄奄一息，他们在等救护车，祖父握着她的手，说要去阳光好的地方度假。也许是他这么说是为了安慰她，给焦虑不安的她一些勇气，或许祖母握着他的手说好，以后去。但在对我和哥哥说起这件事的时候，她笑着说他要去的可能是一个比地中海更热的地方。

这个讲法很恰当，我确定当时我也跟着微笑了，但我的内心打了个冷战。

现在我打开门走进餐厅，你大姐正坐在餐桌旁，眼前的盘子里放着吃了一半的面包。

"差不多到时候了！"她说。

"迟到的是你，不是我，"我说，"你现在穿好衣服我们还来得及。"

"她还没醒。"她说，

"在外面睡觉对她有好处。"我回道。

"为什么？"

"空气新鲜。这就是健康。不过谢谢你照看她。"

我从口袋里拿出手机，看了看时间。

"距离巴士过来还有十一分钟。"我说。

"但是我还没吃完呢。"

"把面包片带着。走吧。"

她看起来好像要抗议，转念一想又改变了主意，起身朝浴室走去，关上身后的门。

我在餐桌旁坐下，看着外面的婴儿车，金属把手在阳光的沐浴下闪闪发亮。但你的脸在阴影里，头上的白帽子让你看起来像个花球，你睡觉的时候会带着一种凝重的神情，甚至有些庄重：好像整个世界都是你的。

是的，没错。

我的胸口涌上一阵短暂的喜悦感，我站起身来，收拾好桌子，把脏盘子带回厨房，然后放到洗碗机里。我想我应该去看一下医生。从窗户向外看去，花园里的草依然是淡绿色，苹果树下的草坪上零星散落着蓝色花朵。但看医生是我没尝试过的事情之一。让医生给自己做检查，结果什么问题都没有，那多少有些令人尴尬。

门又开了，你姐姐拿着一把梳子大步走了出来。

"那我们走吧。"我一边说一边看了看时间。

巴士七分钟后就要到了。

你大姐姐在你这么小的时候，就已经学会接受身边发生的一切，从那时起我就在想，这种跟别人相比起来的高度敏感性是一种额外的天赋吗？然而大多数人都会和世界保持距离，她却缺乏这方面的特质，她的敏感是否也与此有关呢？

如果某天发生了很多事，比如带着婴儿车在城里长途跋涉了很久，那她回家可能就会哭，而且哄不好。等她长大一点，如果路上遇到熟人，她会闭上眼睛在婴儿车里装睡，或者家里有人来做客，她会悄悄躲起来。这些都是蹒跚学步的孩子躲避社交的方式。

噢，但单纯地置身于这个世界，对所有的印象免疫，和完全不设防地接受一切，是有天壤之别的。如果一个人被置于保护之下，那他就是自由的，可以为所欲为。我当时看到许多孩子，似乎都穿上了情感防护服，和人与人之间的千百种印象、冲动和意志隔绝开来，自顾自地将玩具汽车撞在地板上，在各个房间咆哮着跑来跑去，或是像微型的太阳一样，在房间里自然而然地闪耀。你的哥哥姐姐们只有在那些能感受到完全的安全感的地方才会这样，那些他们去过很多次、认识所有人的地方，因为他们觉得安全。所以对我们而言，每天做重复的事情，就是在创造稳定性和安全性，这很重要。

所以核心家庭的叫法并不是无缘无故的。因为当你的哥哥姐姐进入所谓的叛逆期的时候，他们开始坚持自己的意志，肆意散播情绪，每件小事都可能成为不可逾越的障碍，那么稳定和一致性就显得尤为重要。或许在之后的成长阶段，当情绪失控，引发各种连锁反应时，他们的行为会戳我肺管子让我彻底爆炸，这是我自幼时起从未有过的体验，有时甚至两眼一黑。我曾经在商场里对着你的大姐姐吼了一句：我受够了！真的够了！她当时大概两岁半，我把她挂在肩膀上，像扛麻袋一样扛到大街上，她在我身上一边尖叫一边不断扭动，把我弄得气急攻心。路人都盯着我俩看，随便他们怎么看，对当时的我来说，其他人和他们的意见都不重要。但事情过后，我感到疯狂的悔恨和绝望。如果要说我对抚养孩子有什么心得，那我的回答是：可预测性是最重要的。还有一点，生命的最初几年对孩子的人格发展绝对至关重要。所以我有为此做什么吗？我差点认不出自己。我上一次生气是在我二十出头的时候。我母亲有时候会说我有抑制性攻击倾向，但我觉得她之所以会这么说，是因为她自己也这样。每个人最容易在他人身上识别出来的性格特质，是我们自己身上占主导地位的特质。在我自己眼里，我其实是一个很平和的人。我从来不对其他人发脾气，即便有理由也不会这么做，比如有人羞辱我。这是因为我将责备的矛头转向自己内心，将愤怒也转向内心，这么做也不是因为我想或我喜欢，而是因为我就是那样的人。每晚入睡时，那些作恶的念头，最后都以羞愧或强烈的负罪感告终。作恶的念头一结束，我便会想象自己开枪自杀的画面：我把枪管塞进嘴巴，或是对着太阳穴或额头，可能想象的过程中会走神，但走神的时间不久，总是会回到走神前的地方，最后扣下扳机杀死自己。这样的情形太过平常，所以我都不曾留意。第一次意识到的时候，我努力克制自己不去想，但不管用，脑海中的画面一直在变化。把枪管塞进嘴巴，或是抵住太阳穴和额头的念头根本刹不住。然而我也没法将攻击性的状态朝外部释放，要把想象中的武器瞄准别人，我办不到，就算在我的念头里，我也没法对除我以外的人举起一根指头来。再者我为何要这么做？他们本都与我无关。

因此，怒火攻心对我而言实属难得，就变得很奇怪。仿佛垂垂老矣的身体突然枯木逢春，感受到了枝条的摇摆肆意。这和我印象中的自己相去甚远。这是我吗？这些年的怒火都潜伏着吗？是否还有别的情感潜伏着，只等在合适的时机爆发呢？所以是周遭的环境在主导我们的情绪，决定我们成为什么样的人吗?

有一次我气得用力往沙发扶手上捶了一拳,扶手都裂开了,你的两个姐姐瞪大眼睛看着我。

一方面,我很担心这一切会让孩子们慌张,让他们的自尊心和自信心出现裂痕。另一方面,我们在一起的日子,其中大多数时间,都毫无戏剧性。

小孩需要的很多都是实用性的东西——各式各样的餐食、各式各样的服装、各式各样的出游,然后还有幼儿园,幼儿园的运行也是有章可循的,秩序为先,所以在内在的混乱中,会有一种外部的平衡、一个系统、一个空间、一种希望、一束光。这一切是奏效的,你的哥哥姐姐都长大了,我倾向于认为,他们和其他孩子比,既没有更优秀也没有更顽劣,因为每个家庭都会有自己的问题,我的家庭有,你的家庭也会有,我认识的其他人的家庭也都有,它是我们生活状态的一部分。

但也许这些只是借口,是我安慰自己的话罢了。因为这就是事实,我们都会掩盖自己的缺点和不足之处,把故事改编成对我们有利的版本。自欺欺人也许是最符合人性的东西。

这些年来我也明白了，事情并不总是同我过去想的那般——孩子在成长而父母却原地踏步，孩子在一成不变的制度下长大——而是一种更趋动态的关系结构，某种程度上来说，是孩子创造了自己的成长。这是因为孩子的不同需求要通过不同的方式来满足，父母的思想和行为就像一条河流，会随着孩子的成长轨迹自我调整，在空白的地方填满，在已满的地方绕过。

你的大姐姐又骄傲又胆小，执拗起来让人难以捉摸。她还是个孩子，但已经具备了成人的讽刺气质，这让她与世界拉开了距离。如果距离拉得太远，那就必须亲近一些，安全感也是如此。因为如果一味回避挑战，远离挑战，那就会阻碍她的成长。如果这一切没能自行发生，那么至少是在无计划的情况下发生的，通过数千日夜的细微调整，让一切都能轻轻松松毫不费力地运转，孩子和父母的相处模式就会慢慢形成。

但你的这一年只关乎生存。

我把婴儿车推到车旁，把你举起来。你正好睁开眼睛，没有哭，你几乎从来不哭，只是环顾四周，让周围的一切填满自己，心里想着，原来我在这里呀。我把车门拉开，一只手撑在车上，另一只手紧紧抱着你，轻轻把你放在婴儿座椅上，拉紧安全带。然后我把推车折叠好放在后备箱，再匆匆走到屋子里拿袋子，里面装了尿布、湿巾、换洗衣物和牛奶，东西都放在走廊上准备好了，你姐姐手里提着包正走过来。她的世界里已经没有双肩包这个东西了，她曾经说每个人都有一个手提包，所以我们也给她买了一个。

当我发动汽车时，距离巴士抵达还有三分钟。

"我们赶得上吗？"你姐姐在问。

"我们会知道的。"我一边说，一边向前倾身，想看清树篱周围的情况，然后慢慢地驶出车道，轮胎在砾石上嘎吱作响。

田野上，风车的叶子在广袤湛蓝的天空下缓缓旋转。

我加快速度赶到十字路口，打了左转灯。一切正常，然后我们拐进市政厅和消防局之间的街道，朝着淹过水又杂草丛生的神秘建筑群尽头驶去，抵达那片杂乱的、枝叶稀疏的树林，成群的鸦雀夜晚会在这里栖息。我在一个十字路口前再次踩下刹车，这里通往高速公路。

"今晚你要跟我们一起去五朔节吗？"我问。

"去看篝火？不，谢谢。"

"你小时候不是挺喜欢的吗？"我一边说一边开上路。

"你难道觉得我现在看起来很小吗？"

"也没有。"

"那就对了。"她说话的时候看着窗外。外面的人行道上铺满了落叶，这些如破布败革般的棕色叶子和树枝上刚刚开始发芽的浅绿色新叶似乎毫无共同之处。

她又瞥了我一眼。

"你今天什么时候来接我呢？"

"我不知道，"我说，"应该不会特别早。"

"两点？"

"哈哈。"

"三点咯。"

"到时候看。"

在大树篱的尽头，我再一次左转。距离巴士开走还有一分钟，但我们很容易就能赶上。它停在路的尽头，在日托中心的外面打着灯，一队孩子正在排队等着上车。

"那我们说好三点了。"她说。

"这我不能保证。"我说。

"不，你可以的。"她回答。

我们经过一排单层的黄褐色砖房，都带着小花园，在阳光下泛着绿光，金属和玻璃偶尔闪动几下光影。我开到巴士前，在停车场转了个弯，停在孩子们的队伍旁边，他们一个接一个地爬上巴士，队伍在迅速缩短。

你姐姐打开车门。

"那就三点了。"她说。

"祝你今天过得愉快。"我回道。

"爸爸！三点！"

"我尽力。"我说着，看到她大步往前走，排在队伍最后，比其他人高一个头。

我拿起手机，开机后有一条消息，是邻居发来的，他想约我喝杯咖啡。我说我五分钟后就到。巴士开动了，看上去像一只古老的大型动物，沉重又缓慢。我把手机放进口袋，挂上挡，再次转到大路上。

"你在后面还舒服吗？"我大声说道，瞥了一眼后视镜。

我只能看到儿童座椅，看不见你，你就好像一根小香蕉坐在那里，头顶正好在后视镜的边缘下。

你没有回答我的问题，甚至也没有发出咯咯声或是各种其他的声音。我想象着你正在看着天空，看着路边的树，看着房子的顶端，看着平缓的山脚，也许还有马路上半部分和路上的汽车。眼前的一切都会滑进你的脑海里，或许在你安静的小脑袋里，你正努力将这些事物分开，用一种比我更简单基础的方式。也许当你看到天空时，心里会流过一阵喜悦之情，因为你认出来了这是天空，这种感觉是不是很美妙？

噢，天空，太阳，绿色的草地！

噢，你这天真无邪的孩子！

我们开车经过杂货店，虽然还没开门，但不论太早或太晚都可以敲门进去，接着我们开车经过旧车修理店，左转后就能看见一家泰国餐厅，路的一侧是运动场，长长的排屋建在大型住宅区的尽头，不过大部分居民住在另一个住宅区。我们要去拜访的邻居住在田野间的一栋房子里，在两个村子之间。那栋房子原本属于教会，教会曾经是这里最大的地主。通往房子有一段几百米长的碎石路，坑坑洼洼，秋冬时尽是水坑，但现在，经历了几周的干燥天气后，这段路上仿佛遍布空洞的灰色弹坑。

"你没睡着吧？"我一边说着，一边贴着路边穿过田野。田野半绿半棕，绿色是萌芽的新苗，棕色是刚犁过的土壤。

当我们穿过房屋之间相对狭窄的通道，进入院子时，邻居就站在门口。院子中央有新种植的小树，我把车停下。

"最近还好吗？"下车后，他问候道。

"还行吧，"我说，"你怎么样？"

"也还行，"他回答，"你要咖啡吗？"

"最好不过。"我一边说，一边看向车窗内，确认你是否睡着了。果然。

一年半前，他和同居的伴侣还有他们的儿子搬到了这里。他们的儿子和你哥哥成了最好的朋友，之前开车送哥哥来的时候，我到他们的厨房里喝过咖啡。他拍过纪录片，写过书，还干了很多年的记者，是一个闲不下来的人，性格可爱可亲，世界上几乎没有什么地方是他没去过的。他的伴侣是一位艺术家，现在正在制作一部关于她祖母的纪录片，祖母曾在战后的一个夜晚射杀了自己的两个孩子，然后自杀，就在斯德哥尔摩郊外布鲁玛地区的别墅里。她的父亲是在那次事件的阴影下长大的，我猜想，她应该也是。

"今天天气很好，"他说，"快到夏天了。"

"是的。"我一边回答，一边抬头看着他。他站在楼梯上，头朝太阳抬起，脖子上系着一条优雅的围巾，身上穿了一件薄薄的酒红色毛衣和一条深褐色的宽松西装裤。他就是这样，寒酸和优雅共存，积极与颓废、果断和犹豫、开朗和焦虑都在他身上和谐共处。当他这样站在楼梯上，抬头对着太阳时，他身体是挺直的，散发着一种自然又带点温和的权威感，而当我们走进厨房，他开始煮咖啡的时候，他的肢体语言又有一种不确定和软弱的感觉，脖子弯曲，脊背塌陷，双手慢吞吞地拆卸着咖啡机，仿佛不太记得咖啡要怎么做似的。

你还不懂什么是性格，其实我也不算完全明白，因为它是一个奇怪的现象，但它是关于一个人所具有的全部特征特质的总和，是一个整体，也是周围的人见到或想到他／她时，所产生的联想。人格以思想、感觉和意志的形式存在于个体之中，最初它们并不是抽象的实体，而是建立于某种惊人具体的事物上：不同细胞相互交流时大脑的反应留下的痕迹。一个人想要的东西可能会发生根本性的变化，例如在切除了部分健康细胞的脑部手术后，或是遭遇外部的脑损伤，那其他的性格也会发生变化，以前冷静谦逊的人或许会变得冲动粗鲁，一个体贴的人可能变得自私，古板的人也可能变得乐于奉承。

这个人周围最亲近的圈子里会立即发现这些变化，但这个人自己却蒙在鼓里，因为他／她并不会回到自己从前的性格，因此也没有可比性。可怕的是，你拥有什么样的个性其实并不重要。你还是你自己，无论如何你都要过你的生活，即便你的个性突然发生了彻底的改变。

那个性究竟是什么呢？它是否就像一个盛装了自我的容器，里面满是小小的墙壁、隔板和舱口，自我将其填满却无法超越，直到意外或疾病将其中的元素重置，自我以一种新的方式或形式重新安顿下来？

既然思想、感情和意志都可以在一定程度上被控制，甚至可以被支配，那么个性的稳定性在人的一生中就显得难能可贵。人的个性竟然能如此一致和自然，实在是叫人惊讶。

我们很少经历认识的人发疯，或是出现让人瞠目结舌的行为举止，完全出乎意料的那种。此外，令人惊诧的是，不同性格的人之间的差异是如此之小，以至于当我们遇到一个新的人时，我们从来没有真正好奇过这个人到底会说什么或做什么，而总是想当然地以为对方或多或少和自己相似。

这是因为我们是按照彼此的印象形成的，但我们自己却没有意识到这一点，因为性格在个体上占据主导地位，没有人能同时拥有两套或三套人格，而这种支配地位的人格，在个体上是至高无上的，这让我们没法看清它究竟在多大程度上是依赖其他人的性格塑造的，实际上我们不过就像一群鸟、一群狼或是一群猴子罢了。

如果性格是大脑中特定反应模式的结果，并且可以以图像的形式来读取，那么这些模式可能类似于树木，所有树木的组成部分是一样的，树干、树枝、树冠、树皮、树叶以及从周围的环境，例如土壤、光照条件、是否避风等所发展出的特点，和人的性格应该是相似的，因此每棵树都长成了独特的形状，有些树枝朝上，有些朝下，有些树干矮小，有些则细长，一棵棵独一无二又相像的树聚集在一起便形成了一片森林。

这是巴扎罗夫对人类的印象，他觉得人类就像一片森林，我们如此相似，以至于性格上的差异对我们而言是微不足道的。心即是心，脑即是脑，口即是口。

但你也还不认识巴扎罗夫是谁呢！

他是俄罗斯作家屠格涅夫的小说《父与子》中的人物，是虚无主义的化身。其实，他是唯物主义者和现实主义者，认为只有能够衡量和计算的东西才有价值，是一个愤世嫉俗之人。他在书中的金句是，我只在打喷嚏的时候仰望天空。《父与子》讲述了原本只承认有形之物存在的虚无主义者巴扎罗夫，在体验到无形事物的存在后，世界观坍塌的故事，这种无形的事物战胜了自由意志，那就是爱。他爱上的女人安娜·奥金佐娃从来没有爱过任何人，自然也包括他。故事的场景很诡异，他们所处的位置是她家的二楼，外面很黑，房间里也很昏暗，两人之间的关系充满了张力。这种场景设置很显然是关于爱的，但奇怪的是，这种感觉是在两个没有爱情的人之间所产生的，两人之间仿佛由某种陌生超自然的东西所填满，但却与两人毫无关系。

那么，当爱违背人们的意志强行到来的时候，它又是什么呢？当它不受欢迎却仍然主宰了一切，它又是什么呢？它是否来自性格之外的某个地方，就像风从外界吹来，树木随之弯曲？还是说它只是来自意识之外的某处？因为意识是可以控制的，可以根据理想和观念来塑造成适合我们的样子。而情绪是无法控制的，至少那些最强烈的情绪是不可控的，但可以用适合我们的方式来解释。

　　在被爱征服但遭到拒绝后，巴扎罗夫求助于自己的父母。事实证明，他们愿意倾尽全力去爱自己唯一的儿子。这种包罗万象的爱被描述成美好的事物，它接近于崇拜之情，崇拜让人接受一切，甚至接受拒绝，但巴扎罗夫却无情地拒绝了父母的爱。当我读到他伤害自己善良慈爱的父母时，不禁感到心碎，对父母来说，他就是他们生活的中心。他是一个坏人吗？

　　什么是坏人呢？

　　我是坏人吗？

　　我父亲算是坏人吗？

　　我的祖母，她是坏人吗？

屠格涅夫将小说定格在我们内心可控与不可控的交叉点上，年轻而缺乏经验的巴扎罗夫选择了愤世嫉俗和幻灭主义，但他并没有选择促使他做出这种选择的力量。父母的爱让他感到窒息，在爱意过剩中长大的人一心只想反抗，为的就是成为独立的人，成为自己。斩断纽带，转身拒绝。然后用不了多久，所有的感情都会受到质疑，包括他自己的感情。

就这么简单吗？残忍究竟是因为爱得太多还是太少？

在小说中可能就是这么简单，因为写小说就是为了让人类生活中的某些事情变得清晰，给存在但却没有具体形式的事物赋予形式，让其变得可视化。

而生命没有这种形式。

你的性格会是怎样，还没人会知道，就连你自己也不知道，但你身上已经开始出现一些特质，比如你很冷静、健壮，而且阳光。

而我们的邻居做事有些心神不宁，他快六十岁了，身体也不算特别健壮，喜欢避重就轻，或许这是对体魄不够健壮的一种弥补，虽然他看起来脾气算是温和，但我总觉得，当他被逼到极限时，也会很强硬，甚至有些无情。我不知道为什么会这么想。对我来说，他一向都很友好。他对其他人很敏感，就像有些树木会对风更敏感，他是一个充满好奇心的人，也许更多的是对现象和事件本身而不是对人，因为他和人走动得并不亲近。但他最引人注意的地方是，他似乎需要身边有人陪伴，无法忍受长时间的独处。他很乐意步行三公里到我这里喝杯咖啡聊聊天，聊天的内容也不需要多有趣，也不要求或指望别人和他熟络，似乎只是想有一个人能坐下来陪他说说话就行，无论是谁都可以。

现在他背对我站着，用勺子将咖啡粉放入过滤器，拧上咖啡机的顶盖，将其放在电炉上并打开加热键。我转过身，透过窗户看到你还在车的后座上睡着。

"俄罗斯最近很活跃。"他一边说一边在大木桌的另一边坐下。桌上还有些残余的食物，应该是昨晚的晚餐，三个沾了凝固酱汁的盘子，两口锅，玻璃杯里还有半杯污浊的灰色液体。另一边的长凳上也放满了脏污的餐具。他们对家庭生活有着强烈的反资产阶级态度，保持整洁不是首要任务，所以所有房间都堆满了杂物。我们家也是这样，但我会对此感到不安，也一直在与之抗争，但在我印象中他没有这种情绪。

"你在想什么？"我说。

"这些来来去去的飞行，他们已经开始侵犯瑞典领空。"

"挪威也一样。"我说。

"这头大熊终于动了，"他说，"挺有趣的。"

我拿出香烟点了一根，注意到他在看烟盒，我递给他。

"哦，那我也抽一根。"他说。

点烟时，他像吸雪茄一样吸着烟，双臂紧贴着前倾的上半身。点完火后，他向后靠在椅子上，用拿着烟的手摆出一个慷慨的姿势，一副精通世故的样子。

"欧盟不应该试图接触乌克兰的，"他说，"这么做说明根本不懂俄罗斯和俄罗斯的历史。"

"你的意思是？"

"毕竟，基辅曾经是俄国的第一大城市。在中世纪早期，莫斯科还只是一个小村庄。乌克兰和俄罗斯就像双胞胎，或者说至少是近亲。他们是一体的。至少俄罗斯人是这么觉得的。"

"是的。"我说。

"将俄罗斯凝聚在一起的一直是国家，而不是俄罗斯的文化，而且国家始终具有扩张性。纵观历史，没有哪个国家的边界比俄罗斯更不稳定了。乌克兰进进出出无数次。俄罗斯本身就代表着帝国主义。"

"我对俄罗斯的历史一无所知，"我说，"但是我刚读了屠格涅夫的小说《烟》，很戏剧化，但不论如何，书里谈到了俄罗斯、俄罗斯的文化以及俄罗斯和欧洲的关系。我估计小说背景是 1850 年代。但他们那时候说的话，今天可能也会有人说。"

"没错。"他一边说一边站起来，手里还夹着香烟，他举着香烟，走到炉边，把咖啡壶按在炉盘上。水开始沸腾了。

"你时间还多吗？"他说。

"不是很充裕，"我说，"我要去一趟赫尔辛堡。"

"她现在怎么样？"

"挺好的，"我说，"可能她很快就能回家了。"

我转过身再次望向窗外。你已经醒了，在哭。

我站起来。

"她醒了。"我说。

"哦，哦。"他应了一句。

"那我把她带进来一会儿。"

"去吧。"他说。

我打开车门进到车里，你还在哭。我解开安全带把你抱起来，贴在我的胸前，然后拿出牛奶盒和奶瓶，你哭得太伤心了，我有点紧张。我一只手拧开瓶盖，另一只手抱住你，小心翼翼地把牛奶倒进奶瓶里，再拧紧瓶盖，把你抱进厨房，搁在我腿上，头枕着我的胳膊，把奶瓶放入你嘴里。你马上停止尖叫，开始吮吸。我解开你下巴下的绳结，摘下你的帽子，用手抚摸着你细细的红金色头发，感觉着你柔软的头皮。邻居把杯子放在我面前，倒了点咖啡。

"她一定是饿了。"他说。

"好像是这样。"我一边说一边拿起咖啡杯，沿着你的脸画过一道弧线，你就像一只小羊羔，急切而贪婪地吮吸着牛奶瓶。

远远传来一声低沉的咆哮，然后又一声。

"他们是在演习？"我说。

"是的。他们现在可能有些害怕了。"他笑着说。

瑞典军队在卡布萨有个炮兵靶场，位于通往大海的斜坡上，不使用时会对公众开放。我曾多次去那里散步，沿着通往海滩的小路。那是一片长满青草的地方，有风吹过。夏天的时候，这里的美景让人流连忘返，空气在炎热中几乎静止，太阳在西边落下，大海静静地躺在那里，闪闪发光，场上布置的巨大金属圆盘上布满弹孔，仿佛来自另一种异域文化的产物，甚至比留在北边几公里处高原草地上维京时代留下的古老石圈更具异域感。

又是一声巨响。那是一种美妙、催眠的声音。仿佛来自某种梦游的力量，某种藏在世界深处的非人类的力量。

"如果俄罗斯决定入侵，那这里就是他们会来的地方。"他说。

"那倒是有点刺激了，"我说，"生活要有点变化了。"

我们在村子里有一个共同的朋友，他是作家兼社会学家，在阿富汗进行了一些实地考察后，开着他的萨博汽车沿着碎石路一路轰鸣而来，进到我们的厨房，说了好几遍，这里的一切都是完美的天堂，不论是景色、人民还是政治制度，语气里带着突然洞察一切后才有的力量。他看着眼前的一切，心情还停留在他前几周刚去过的那个地方，那个饱受战争和贫困蹂躏的混乱之地。

邻居也对战争感兴趣，但方式完全不同。那位共同的朋友关注存在主义，在乎战争如何影响人的生活，而他对军事历史更感兴趣，他可以讲述许多有关十七世纪瑞典军事行动的知识，以及1930年代末德国闪电战的故事，有一肚子的奇闻轶事和古怪的真相。他经常和他的儿子一起看"二战"纪录片，通过你哥哥的词汇量，我发现他也跟着越来越痴迷，因为他虽然只有七岁，我从来没和他谈论过武器，但他的对话中总是能蹦出鱼雷、潜艇、战斗机、坦克和机关枪，往往还带着型号的名字和其他细节。当我们开车经过靶场时，他还总是检查红旗是否升起，因为升旗就标志着今天军队在这里操练。

然而我很难想象还有比这个邻居更爱好和平、更厌恶冲突的人。他从来没有像我们共同的朋友一样去过战区，他去过最接近战争的地方是他现在正在制作的纪录片里，美国在德国的一处大型空军基地拉姆施泰因。我看过纪录片大纲，里面充满强烈的反军国主义色彩和对战争的抨击。

你已经不吮吸了，我把奶瓶从你嘴里抽出来放在桌子上，你躺在那里仰望天花板，神情看着不像在有意寻找什么，似乎完全敞开似的，就像一扇窗户，光从窗外透进来。

"哒啊啊啊。"你发出声音，眼神也变了，突然间一脸不解，仿佛在琢磨这声音是从哪里来的。

"我们现在该起程了，"我说，"还有很长的路要开。"

"你过去要花多长时间？"

"几个小时吧。"我边说边抱着你站起来。

他跟着我们来到楼梯口，看着我把你系在座椅上。

"那么，再见了。"我边说边推上侧门，爬上驾驶座发动车子。当我开着车穿过房屋之间的狭窄通道，然后驶入田野间的道路时，邻居仍旧站在原地，随着景色向四面八方蔓延，天空突然变得更高了。

我想，他应该是俄罗斯文学中常见的那种小地主的角色。在首都的酒吧和餐馆里待了几十年，混迹于知名作家和文化名流的热闹圈子里，作为一个从不回家的人引起人们的关注，终于在快六十岁的时候搬到了乡下，假如他寻求的是一份安宁，那他也没能如愿，因为他还是一有机会就会去哥本哈根，北上斯德哥尔摩或南下柏林，像旧时一样同朋友们坐在酒吧和餐馆里，即使他们还没有完全泯然于众，也已经失去了昔日的光环。

为了多些变化，我在土路的尽头左转，驶向英格尔斯托普。阳光穿过挡风玻璃直射进来，我拉下遮阳板，打开仪表盘顶部小隔间的盖子，取出墨镜戴上，同时用另一只手松开方向盘，换了个方向，因为这里的道路笔直如刀。

"你想听什么吗？"我大声地说，主要是为了让你明白车里并不孤单，我打开副驾一侧的手套箱，在堆放的 CD 碟片里摸索着。我选音乐的时候从来不看，本意是想发现惊喜，但同样的 CD 已经放了三年，所以惊喜感也早就不复存在。

我把 CD 塞到播放器里，还是没看封面，直接调高音量。

《伦敦呼唤》。

不算是最难听的。

靠近村子中间的十字路口时，我放慢了车速，路的一侧是一家二手书店，现在它只在夏天营业，另一侧是一栋类似礼堂的建筑，看起来建于1920年代，砖砌的外墙上镶嵌着FRÖYA的字样。在陷入政治黑暗、失去所有往日的内涵之前，那时的北欧文化曾给人耳目一新之感，充满乐观和对未来的憧憬。

我往前倾了倾身体，确认去教堂的路是否畅通。路没问题，但我没有右转走最短的捷径，我有一种径直向前开的冲动，我沿着村子里一排排房屋之间的小路前进，过去我总觉得，村庄就像一件斗篷，从教堂的头部和双肩铺下来，铺向外面嫩绿的田野。

挡风玻璃反射着阳光，有一个冬天我愚蠢地用CD封套去刮玻璃上的冰雪，在上面留下了许多划痕，我一边跟着音乐哼唱，一边迅速向右瞥了一眼，那里的田野一直延伸到海边，连绵不绝。

我不害怕，因为伦敦即将被淹没，而我住在河边。

一只猛禽在空中盘旋，在公路上方大约四米之处。它张开的大翅膀在阳光下显得黯淡无光，有些毛茸茸的，与坚硬的黄色鸟喙和流线型的身体全然不相干。这个地区有几百只这样的猛禽。在开车去马尔默的路上，每隔几公里就能见到一只动物，它们在气流中滑行，偶尔坐在电线杆上，或者弓着腰站在高速公路上。到处可见被撞飞的动物，有獾、刺猬、兔子、猫，甚至还能看到狐狸。

孩子们称呼它们为 gamar，在瑞典语中是秃鹫的意思，我不知道挪威语里叫什么，也许叫苍鹰？

你的曾外祖父母、我的外祖母和外祖父家所在的地方就有这种鸟。我从来没见过，但外祖父常说苍鹰叼走了他的头发，他已经秃了，只在头顶上留了一圈白色的头发。他常常比画手势来说明这件事，手指在空中画下，就像一只张开爪子的鸟，叼起想象中的头发然后飞走。很长一段时间我都相信这个故事。当母鸡在屋外的时候我也会害怕，我怕老鹰会俯冲下来，抓走其中一只母鸡。

外祖母和外祖父已经去世二十多年了，但他们在我的记忆中仍栩栩如生。对你来说，他们只是历史混沌中模糊的人影，你比他们晚出生一百年，等你到了二十多岁，他们之于你，就如同 1860 年代出生的人们之于我一样，也就是说，毫无意义。

只有活着的人才重要。

生活一向都是如此，过去如此，未来亦是如此。生命会在活着的人身上发出咔哒声，带着所有的思维和心理，当他们死去，内心的咔哒声随之消退，并在孩子身上延续。然后我们就知道，咔哒声才是问题的关键，咔哒声就是意义，咔哒声就是生命。

等你到了我现在的年纪，那时我就九十多岁了，如果那时我还活着，也已经踏上了离开的路途，从某种意义上说，我们所依恋的、赋予意义的一切，不论是东西、事情还是人，都会越来越远，而你，小家伙，还有你彼时正在经历的生活——或许会和一个男人过日子，或许不会；或许会有孩子，或许没有；或许会有一份对你有重要意义的工作，或许没工作——在我眼里就像黄昏时分穿过森林的一列火车，当雪花在风中旋转，亮着灯的车厢中的身影在黑漆漆的森林和昏暗的天空下格外醒目。他们也许是跟我一样的人，但他们做的、他们想要的、他们的所思所感，都不重要，他们和他们周围的光，几乎在他们出现之前就消失在树林间，而我则抬头看向头顶深处，开始隐隐出现的第一颗星星。

这就是一个开车穿过阳光明媚的早春风景、后座上还有一个小婴儿的中年男子的思绪。在琐碎的生活中，每一件小事都有其意义，我的内心一直很焦虑，关于我们以后会怎么样，尤其是你们这些孩子。

"一切最后都会好起来的，你不觉得吗？"当道路在两座圆形小建筑之间形成一个 S 形时，我大声说道。我猜不透这两个建筑是派什么用场的，我只知道它们属于一公里外的一间大农场，就在这条大道的尽头。

我去过那里好几次，因为你姐姐的一位同学住在那里。他们养了许多羊和马，建筑非常高大，古老的落叶参天大树错落生长。几十年前肯定有很多人在那里工作，就像我们刚才路过的那家农场一样。当时，有三户在那儿工作的家庭住在我们现在的房子里。机械化之后，工人就显得多余了，而我现在每次看到农场的结构都会觉得有些奇怪，一个人居然就可以掌控这一切，尤其是一望无际的广阔田野。

奇怪之处在哪里？

这种感受不是很理智，因为无所谓有多少人来做这项工作，只要能够完成就行。我曾经听说一个人只能和一定数量的人保持联系，也就是人类维持稳定社会关系的能力是有限的，大约是一百到两百人之间。这个限度可以适用于各种不同的场景，比如军事单位，五人为班，五班为排，一百人为一个连，在平民世界里，一个人可能会有五个非常亲密的朋友，二十五个家庭成员、同事或是熟人，以及一百到一百五十个社交网络的好友，构成社交圈的最外缘。旧时的居民区和村庄，常住居民通常也是一百到一百五十人，如果你住在城镇里，就很少能和更多的人打交道了。也许任何事物都存在着类似的限制，包括可耕种的土地数量，机器可以打破这种限制，但这种情绪一直留存了下来——我们超出了自己的极限，这是不对的。

这是多么保守的理念！但也许这正是我对机械化和生活技术化强烈、直觉的抵触的根源，我们正在超越我们的界限，而这些界限并不是任意出现的，甚至可能也没有文化属性，而是我们与生俱来的，就像我们对上下左右的本能理解一样。

我从来都强烈反对器官移植，反对基因操纵，反对原子分裂，这种感受一直伴随着我，但我始终无法为自己的观点申辩。就好像论证本身甚至智慧本身也是技术和机械世界的一部分，它代表了我们内心拒绝接受限制的一切，代表了我们对超越限制的事物的追求，不仅为了理解，更是为了征服，所以感受，这种属于身体并通过身体的界限去理解世界的事物，完全无法与之抗衡。

是的，见鬼，我觉得，即使是互联网也存在根本性的问题。

难道不是吗？

"我们应该骑马或者坐马车去！"我声音很大，但我怀疑你其实又睡着了。我在急转弯前放慢了速度，看着弯道外的池塘，在阳光下闪闪发光。我猜它是人工造的，有一个小湖泊那么大，有时孩子们会在那里划船。

另一边，在小山顶上，广袤的海景在我们面前展开。正是因为这片风景，我才走了这条弯路。这里的风景美不胜收，而且让人惊喜。因为我很少走这条路，这让我以一种全新的方式感受到了周围环境的和谐之美。我通常走的那两条路定义了我所看到的一切，仿佛这些地方是属于这条路的，又好像被锁在了这条路上，与别处割裂开来。当我选择走另一条路时，我明白了风景是不间断的，所有的农场、所有的教堂和所有的村庄都扎根在同一个平原上。这里有大海和海浪冲刷的沙滩，有陡峭如悬崖的高地推动的狂风，有向下延伸到平原的斜坡，还有向内陆延伸数公里的平原，一直到森林的起点。

那年春天和你单独在一起的日子，我经常载着你开车去兜风，在你哥哥姐姐去上学之后，同你两人在家里一坐好几个小时，感觉毫无意义。你似乎很喜欢坐在后座向外看，至少你从来没有抱怨过，加上我又喜欢开车，所以我们常常会在九点左右出发去兜风，转入并不多见的小碎石路，唯一的目标就是寻找一些以前没见过的风景。我播放着音乐，并没有特别思考什么，因为有时候就是这样，静态的思想配合静态的身体，如果身体开始运动，那么思维也会跟着活跃起来。

但也并非总是这样。去年夏天，你妈妈在马尔默住院。我每天开车去看她，坐在车里我反复想着同一件事情，反复听石器时代皇后的歌，声音响得听着有些刺痛。我其实希望它让我刺痛，因为我的心感觉很痛，不知何故，这种响亮激进的音乐反而起到了帮助的作用，好像提供了一种反向的压力。

在音乐轰鸣的高速公路上行驶了一个小时之后，回到家是多么奇怪的感受。关掉音乐，减速到每小时二十公里，在午后的阳光里驶进空荡荡、静悄悄的街道，经过绿色的树篱、粉刷过的房子，再转上长满青草的斜坡，回到刷成红色的房子旁，驶入车道，关掉引擎，打开车门，走出去，感受温暖的空气扑面而来。寂静笼罩着一切，那是夏末阳光明媚的午后特有的寂静，打破寂静的声音那么遥远，如梦似幻，即使是孩子们在塑料水池里嬉戏的声音也是如此。仿佛天空太深，世界太大，渺小如声音，无法在其中找到立足之地。微风从海边吹来，树木沙沙作响，数百只鸦雀在邻居的树上发出喧闹，邻居在屋外接待客人吃饭时传来的微弱说话声、笑声，还有餐具与盘子的碰撞声。

夏季的那几周，在深邃的天空下，在明媚静谧的风景中，除了玉米地饱和的金色外，一切都是蓝绿色的，如天堂一般。这是我能找到的唯一一个词，天堂。我们在屋外苹果树的树荫下享用每一顿饭菜，我们在千米长的海滩上游泳，打羽毛球，吃烧烤。你的哥哥姐姐和我都有朋友来拜访。傍晚时分，太阳挂在夏季别墅的屋顶上，一团橘红色的光芒，影子越拉越长。我们坐在室外的长桌旁，直到黑暗中的面孔变得模糊，而孩子们早已回屋睡觉去了。

我无法将这种生活与你母亲在医院里的生活联系起来，也无法与我在那里的旅行联系起来，那些旅行仿佛属于别处，像是一种阴影的存在，一种虚弱而苍白、更接近死亡的存在。

但她怀着你。

而且她不能失去你。

这是我那时候唯一的念头。

我现在越发经常想到，其实我们生活在两种现实中：一种是物理的、物质的、生物的、化学的，即物体和身体的世界，我们或许可以称之为一级现实；另一种是抽象的、非物质的、语言的和智力的，是一个关系网和社交网的世界，我们可以称之为二级现实。第一个现实是由绝对法则支配的，毫无疑问——水在一定温度下结冰，苹果在达到一定的重量时会从树上落下，狂风达到一定的强度，会以一定的速度落到地面，它与地面之间的撞击，会令果实外皮下的果肉以一定的方式挫伤——而另一个现实是相对的，可以协商的。如果这两个世界是并存的，那么所有事情应该很简单，能够轻易掌握，但事实并非如此。事实是一个世界蕴藏在另一个世界中，因此一样东西，例如一个红色的桶——它会遵循物理定律，如果靠近火就会融化，它所变化的形状和图案会根据涉及的各种因素来决定，没法按其他形式去发展——与此同时，一个红色的桶在注视它的人的脑海中又会形成一个意象，有许多不同的存在形式：可以是一个流水线标准化生产出来的物体，立在靠近土豆田新挖开的一堆泥土旁边的落叶地上，大自然是柔软的、不断变化的，而它是坚硬不可降解的；可以是一个红色的容器，有一个把手，可以用来提水或收集土豆和苹果，放在厨房的角落里；可以是被人遗忘在田野里的某个红色的东西，被遗忘是真正的核心，桶诉说着将它遗落在此的人的一切，诉说着他们的马虎和粗心；可以是我父母的许多物品之一，只要看到就让我无法不去想我父亲以及我们共同生活的岁月；可以是一个融化成类似人脸图案的红色表面，因为母亲把它放得离火太近了——是的，多年来那张脸已经占据了水桶，我看到的只有那张脸，三十年来一直对我吐着舌头。我母亲清洁柜里一个有底的塑料圆桶，竟然可以有这么多不同的身份，可以与这么多的情感联系在一起……傍晚时分，那个水桶就立在那里，旁边是黑色的、略带湿润的泥土，下面是黄褐色的滑溜溜的落叶，淡绿色的草叶在落叶堆的缝隙里闪着微光，那里是森林的边缘，树墙就立在土豆田的尽头。父亲正在挥起耙子翻土豆，树墙已经将自己封入了浓稠的黑暗之中，在我的想象里，黑暗仿佛正在从树木之间的缝隙里渗出，一路流向田野。就在半小时前，田野里的空气还是清澈透明的，现在正变得越来越灰暗，寂静也在悄悄蔓延——夜晚的森林那么寂静——所以，除了微风不时吹过树木那微弱到几乎听不见的颤抖声外，就只有耙子插入泥土的声音，坚硬的金属滑入松软的泥土时发出的叮当声，靴子踏在耙子上的声音，父亲掀起泥土时的沙沙声，还有他的呼吸声。水桶立在那里，在愈发浓烈的阴暗中闪闪发光，里面装过各种各样的东西——活的、湿淋淋的螃蟹，带着海水的咸味；又黏又软的死鱼，肌肉还余下反射性的抽搐，尾巴跟着甩动一两下，这种奇特的动作既不是生也不是死的表现，而是介于两者之间的东西，与水和风的运动有关；还有苹果、梨、李子、蓝莓、覆盆子、黑莓、泔水、垃圾、净水和污水、干布和湿抹布、洗洁精瓶子……

我的身份，也就是我自己，与世界万物交织在一起，分不出起点与终点；而我的身体，在某种意义上，本身也是一个物体，和其他的物体一样有限。我的身体是受限的，但同时也是开放的，水能流过大地，也能流入喉咙，空气能填满每个空洞，也能填满肺部，更不必说我们摄入的所有动植物，当我们吸收了对我们有用的物质之后，又会将它们排出体外——有一天，身体也会完全融入物体的世界里，成为众多物体中的一员，就像一片叶子、一根木头、一个土丘，作为寂静现实中的元素继续存在。

你也是，我的宝贝，你也是一个生物，一个生有四肢的小小软软的生物，有一颗会跳动一定次数的心脏，这是生物学决定的。

那你的生命是从什么时候开始的呢？

应该是来自两个身体的两个细胞融合在一起的时候，新的细胞开始分裂的时候，发生在世界上特定的某个时间和地点。然而，在这个无声的、自我驱动的生物学进程之外，还可以延伸出另一种叙事，一个没有开始也没有结束的社会性叙事。你故事的开头，也就是你生命的开始，或许要追溯到你母亲出生的时候，追溯到她和我第一次见面的时候，那是1999年的夏天，一个阳光明媚的下午，我们在瑞典内陆一个岛屿上碰面了，或者也可以从我们第一次讨论是否再要一个孩子的时候开始。

那是 2013 年 5 月，我和你母亲去澳大利亚悉尼参加一个文学节。酒店以及举办活动的场所都位于水边，我很确定那里曾经是一个旧仓库。我的身体已经适应了家里日常生活的节奏，我感觉我的身体里正在进行一场感官与大脑深层结构之间的战斗，感官认为现在无疑是晚上，窗外是浓黑的雨夜，寂静笼罩在所有的房间和走道上；而大脑更深层次的结构认为是白天，因此我无法入睡：我整个人完全清醒地躺在床上，望着天花板，或者坐在玻璃拉门前的椅子上，望着外面的露台和码头边的人行道，路灯把路面照得透亮，黑色的、毫无生气的海水一直流向大约五十米开外的下一个码头。雨水、积水和建筑物上闪烁的灯光让我想起卑尔根，即使我知道自己身处在澳大利亚，在地球的另一端的悉尼，但卑尔根的认知仿佛胜过了理智，仿佛我真的待在卑尔根。身体和感官就这样相互削弱，在白天和黑夜、春天和秋天、卑尔根和悉尼、过去和现在之间摇摆不定，让现实变得难以捉摸，几乎就像梦游一样。这种感觉在白天甚至更加强烈，即使在几个小时的灿烂阳光下，所有的表面都被照亮，所有的颜色都清晰而突出，也无法压倒我的真实感受，我总感觉现在是黑暗的夜晚。我感觉到光中的黑暗，感觉到白天中的黑夜，入睡的冲动如此强烈，不像疲劳那般可以摆脱和抵抗，而是一种被分离出来的东西，一种在我内心构建的力量，像一张弓，如果我躺下，那下一秒就会像箭一样将我射入熟睡。

小时候，有一次我走进我长大的那所房子的客厅，电视机开着，客厅里空无一人，我瞥了眼屏幕，一个无头人正在上一段楼梯。这一定是一部日场电影，我记得外面阳光普照，秋景泛着潮湿，那天一定是星期天，因为我在家。我当时的年纪应该不大，顶多七八岁，但却有种前所未有的惧怕感。明明发生在光天化日下的事情，却反而有更浓厚的阴森感，好像家里没有一处是安全的地方。如果你本身惧怕黑暗，那你就会寻求光明，但当光明也充满了恐惧时，你要怎么办呢？

我在悉尼并不觉得害怕，但我看到了和小时候一样的东西，光明中的黑暗，白日里的夜晚。我曾经看到和畏惧，但现在已不再惧怕的，是陌生人的影子。所有的人、所有的面孔和所有的声音都属于陌生人。我处于彻底的孤独之中，甚至爸爸妈妈也是陌生人。这种陌生是所有恐怖电影，所有鬼故事，所有关于吸血鬼、僵尸、亡灵和分身的传说，都会唤起这种恐惧，但当它与黑暗联系在一起，某种程度上与生活的其他部分隔离开来，它就是诱人的。因为虽然恐惧来自陌生阴影的真实存在，但这个阴影是有限的，总有一天它会在光芒中消散，熟悉的感觉又重新回归。

毫无牵挂的人是反常的，因为我们所做的一切几乎都是为了与他人建立联系，或者建立某种永久、可以信赖的关系。这种倾向如此强烈，以至于我们产生依恋的对象甚至不一定必须是我们认识的人、朋友或家人，它可以是广播中的一个声音、电视上的一张面孔、超市里的一个店员或是书中的第一人称叙述者。我唯一一次长时间独处，是为了写作在一个小岛独自待了好几个月，身边无人的感觉像一种难以名状又十分强烈的缺失感，几乎是生理性的，仿佛身体缺乏盐分或是阳光。我开始对收音机中的某些声音产生依恋，每当节目开始广播，我就会打开收音机，听他们说话的愉悦感，就像与朋友见面一样。当时我读的一本日记，也给我同样的感受。这是一种慰藉，虽然对许多人来说似乎微不足道，因为这种特殊的友谊并不是相互的，收音机里的声音和书的作者并不知道我是谁，当然也和我没有任何联系。就连我自己也觉得这种慰藉是微不足道的，就像孤独老人在电视画面中找到的慰藉一样，实际上还相当可怕，因为他们都是有血有肉的人，而他们偶尔为之微笑的电视上的面孔却只是像素，引诱他们进入一种人为的亲密关系，一种极不真实的东西，一种假装相信其存在的现实。

但是，小家伙，想象一下真正的孤独：你不认识任何人，不和任何人说话，没有人看见你，他们只会把目光移开。人是无法生活在这种完全的孤独状态下的，因为这样活着与死去无异。我们内部的一切都是指向他人的，语言指向他人，随之而来的是思想，这也是内部最深处存在的东西，即自我。只要自我存在于有别人在的空间，哪怕只是收音机里的声音、电视上的面孔、书里的第一人称叙述者，就都有意义，都能有意义地活着。但是，因为自我是面向他人而构建的，如果没有其他人，那自我只能通过意志来维持，而自我的意志不过是希望他人存在的意志，因此，如果一丝希望都没有的话，自我迟早会灭亡。

如果没有牵挂的人是反常的，那么自杀也是。有多少人选择自杀，就有多少种自杀的理由，但所有自杀行为的共同点是，自杀者总会以这样或那样的方式变得毫无牵挂，在他们的内心深处，某种牵挂之外的事物占据了上风，使得他们无法接收到活下去的需求。这种依恋无能往往是暂时性的，因为这种内心的黑暗，这种无法打动或穿透的灵魂上的僵硬，我们通常称之为临床抑郁症，这是一种状态，十分严重但并非不可改变：就算是黑夜中的灵魂，也有迎来黎明的时候。某种程度上我们都知道这一点，但自杀者除外，对他们来说，黑暗和痛苦如此强烈，即使确信事情会好起来，他们也无法忍受下去，甚至就算看到自己的孩子，也不足以抵消他们对于最终的黑暗与死亡的渴念。

自杀也可以是一种创造意义的方式。它是一种行动，行动总是意味着什么，无论是后果还是意图。我曾经认识一个女孩儿，夏天的时候在一家机构工作，她和我讲述了一个导演的儿子在父亲办公室外的草坪上，用猎枪射穿自己头部的过程。我自己的熟人圈子的外围，有一个年轻人，在他母亲生日那天，在母亲家的楼梯下上吊自杀。他还有一个没长大的孩子。这两个人都想通过自杀表达一些东西，他们用自己的行动在表达"看看你都对我做了什么"。我认识的另一个人，穿着黑色西装，白色衬衫，打着领带，在公寓里上吊自杀，他也有两个孩子。在他成年之后，一直把死亡浪漫化、偶像化了，以至于最后滋养出自杀这个念头。也许自杀是一种承受痛苦的方式，将死亡转变为某种令人向往的东西？

这两种自杀行为，一种是咄咄逼人、无可挽回地指责他人给自己带来的痛苦，另一种是将死亡浪漫化，都是非常幼稚的，也是我们所有人都熟悉的：谁没有在孩提时期幻想过，他人跟随着自己的棺材来到坟墓前的悲伤？因为他们会在那里最终意识到对自己犯下的不公正之举。我们似乎认为，只有在那里，只有在死亡中，其他人才会发现我们的真正价值，就像黑暗的房间里突然亮起的一盏灯。

如果这不是一种对于依恋的渴望，还会是什么呢？承认和消亡同时发生，俄耳甫斯的凝望就是这种不可能的姿态的永恒形象。它幼稚，但它不属于童年，因为自杀与童年格格不入。青年时期情绪多变，容易冲动，又对后果缺乏认知，是一个危险的年龄。我唯一一次真正考虑结束自己的生命，而不是为了更好地欣赏生命的价值与丰富性来调侃其可能，就是在这个年纪。一想到如果我愿意，我可以轻松转动方向盘，迎面撞上相向而来的卡车，内疚感就会立即涌上心头。真正考虑自杀时我十八岁，那是一个初夏的早晨，我在从通宵派对回家的路上，穿过克里斯蒂安桑市郊的工业区，我喝醉了，派对上我遭受了严重的打击，没有通知任何人就离开了，我感觉自己无法承受。其实这件事很小，大家都嘲笑我，甚至包括是我最信任和最亲密的那些人，我觉得没有人喜欢我，觉得自己一无是处，这种念头通常只是众多想法中的一个，在我神志不清的时候却对我产生了巨大的影响。我爬上一座山，想要纵身一跃，当我站在那里，想到这种行为完全有可能成真，想到下一秒我的生命就可能结束，我的内心十分雀跃。我记得自己当时的绝望和兴奋，但我不记得是什么阻止了我，是什么让我在半小时后下山又踏上回家的路途。我猜想大概是我的母亲，我想象到了她的悲伤。也许这个想法才是我去那里的真正原因，也许这就是我要追寻的：

有人喜欢我，有人需要我。

我发现我不太喜欢提起这件事，因为我的痛苦非常轻微，什么事也没有发生。但是我想表达的是，我的宝贝，等你到了十几岁的时候，只要一个小小的错位，你就会发现自己也会陷入类似的境地，只需要一点点醉意和绝望，你就可能会突然做出一些难以想象的事情。有一回我在挪威北部登山旅行，导游告诉我当地的年轻人出现过自杀潮。一旦第一个年轻人去了，这个口子就开了，过不了多久就会出现下一个效仿的人，然后是下一个，再下一个。

我的父亲，也就是你的祖父，他偶尔会把自杀作为一种现象来谈论。他对挪威作家延斯·比约恩波非常感兴趣，不论是他 1955 年写的关于公共学校系统的小说《尤纳斯》，还是他的自杀行为。前者大概是因为我父亲自己也是一名教师，他有时会借用书中的一个贬义词"蝾螈"来批评自己的同行；后者则只针对比约恩波自杀行为实际的那一面：他是如何自杀的。他还聊到说，真实的自杀数字很可能比官方提供的更多，举例来说，有许多正面相撞的事故实际都是隐性的自杀事件。那时我还没有意识到，一个人谈论某个话题而非另一个话题，总是有原因的。我只是随便听听他说的话，可能还评论过几句，将其当作许多问题中的一个，我没有意识到这意味着什么，这可能代表了他内心深处的某种震动。没过多少年他去世了，死亡原因是大意酗酒，这很难不被看作是一种慢性自杀。他可能渴望死亡，于是便去了。

为什么他渴望死亡呢？

他是一个没有牵挂的人。他有一回在日记本里写道，他一直是一个孤独的人。

他身边并不缺少陪伴，也不缺少爱，缺失存在于他的内心深处。他接收不到，无法构建牵挂。

你看，如果你孤独地站在这个世界上，那这个世界的美丽就毫无意义。

如果一个人将近五十岁，开始列出自己所遇到或听说过的所有落魄的人，那这个名单会长得令人惊愕，仿佛生活是一个艰难又无趣的负担，很少有人能够在无人助力的情况下走出黑暗。但事实又并非如此，因为这种个体记录并没有把时间考虑在内，浩瀚的日夜之海会冲淡每一件事，并且还在持续地扩张，越来越广阔。任何对于事件的归类都会扭曲现实。在我们对生活的认知里，所有决定性的时刻都挤在一起。我们的生活之于现实，就像地图之于地形，或是星星之于星空：从我们所在之处看去，它们之间的距离似乎微不足道，宇宙中的星星像鲱鱼一样挨挨挤挤，但如果你能走到它们身边，你就会明白，宇宙的真相便是它们之间的空间。

这就是为什么，像延斯·比约恩波的三部曲《兽行史》这样的作品，将丑闻、暴行和滥交编目分类，虽然句句属实，作为整体却与欺诈无异。邪恶当然是存在的，但和正义相比微不足道。黑暗当然是存在的，但它只是光明中的针尖。生活当然是痛苦的，但这种痛苦只是我们在中性或美好中穿行时的一条看不见的通道，迟早会从中走出来。

你母亲和我去悉尼的时候就是这样，我们遇到了非常严重的困难，勉强走了出来。你母亲陷入了严重的抑郁，只能一动不动地躺在床上，连听收音机和阅读这样最简单的事都做不了，更不用说穿衣、起床和面对一天的生活了。有几次我帮她起身，我们像一对年老的夫妇一样在公园里慢慢地散步，她会坐在长椅上不停地哭泣，悲伤仿佛没有尽头。我的母亲，也就是你的祖母来帮过我们，你的外祖母也来过。有一次我要去接孩子们，你的祖母要出门办事，我们在门口突然对视了一眼，她一言不发地转身跑了回来：我们同时意识到，不能让你母亲在黑暗中独处，她说不定会在黑暗的驱使下做些什么，以结束她的痛苦。

黑暗之后是光明，但那也是不可控的，她被送进了医院。事情过去之后，夏天快要结束的时候，她回到了家里，我们买了现在住的房子，应该算是一栋夏季别墅。我们每个星期五都会到这里来，星期天晚上再开车回去。生活渐渐稳定了下来，尽管那些情绪依然蛰伏在她内心深处，就像一种回声，虽不至于失控，高潮和低谷之间的振荡依然明显，但总会渐渐平复。我们搬进了这栋屋子，开始在这里定居。你的姐姐们在这里上学，你的哥哥在这里上幼儿园。我们自组建家庭以来第一次有了存款，买了第一辆车，我们会在周围自驾出行，也会去度假。我开始在花园里忙碌起来，就像我父亲过去那样，以前我从没想过我会这么做。除了我长大的那栋房子，这是我第一次有家的感觉。在这里住了两年后，你母亲开始和我提起再要一个孩子。她说得并没有很认真，我感觉更像是在表达一种渴望，我说不可能，三个孩子已经够多了。但这个念头已经种下了，孩子对我而言象征着一个转折点，一个新的开始，同时也意味着一份承诺。在我内心深处，我知道我需要这份承诺，因为它会让我成为一个更好的人。我享受和孩子们在一起的时光，这是他们给我带来的最大的快乐之一，我最爱的人就是他们。一个新生儿会创造新的爱，让我除了和家人在一起之外，再也无法选择其他的生活方式。

　　我们去悉尼的时候，我带上了《婚姻生活》，这是英格玛·伯格曼在1970年代拍的电影。因为那个夏天晚些时候，我受邀要去参加在法罗岛举办的伯格曼电影周，影片的时间太长了，在家的时候我没有时间看它。于是你母亲和我在相恋十年后，坐在飞往澳大利亚的飞机上，看了一部几近纪录片性质的电影，讲述了四十年前另一段瑞典－挪威关系的解体。我们一边开玩笑，谈论它的形式，一边也很享受这部影片，看电影是我们恋爱之初经常做的事情，不仅看还要讨论，尤其是伯格曼的电影，这是她的童年和青春期的一部分，也深深影响了二十多岁的我。这部电影的真实、坦

率和力度令我感到震撼，我想可能这就是它看起来不像其他
1970 年代电影一样过时的原因，跟伯格曼其他的电影也大
不相同——它们属于一个电影世界，而这个世界是完全逻辑
自洽和自给自足的，就像童话故事一样，尽管童话故事的世
界与我们的世界几乎毫无接触点。而这部电影则以完全不同
的方式向现实敞开。大概也正是因为如此，影片中没有孩子
的情节才如此引人注目。影片中的一切我都感同身受，包括
仇恨、挫折、恶名、陪伴和爱，这些元素在两个主要角色之
间不断涌动，从未平息。正是因为我与他们同感，孩子们在
这场破裂的关系中的缺席才令我特别震惊。这究竟是伯格曼
所特意塑造的，还是年代的关系？

　　一定是年代的关系。我自己在 1970 年代长大，我记得
成年人和孩子之间是多么的疏离。就好像成年人在平原上生
活，而孩子们却生活在下面的山谷里，在那里我们可以做我
们想做的事。我们有时可以看到成年人站在那里俯视我们，
但他们几乎从来不下到山谷里，孩子们上平原的情况也不多
见。老师们站在那儿，家长们站在那儿，商店里的营业员、
游泳池的服务员、教练和童子军队长都站在那里。成人世界

中的事件，比如离婚，对山谷下的孩子来说都是谣言，但却不受孩子的控制，所以孩子们经常感到困扰，或者在离奇的真相中困住自己。

这听起来像是另一个年代的故事。确实如此。《婚姻生活》之于你的出生年份，就好像一部1928年的电影之于我。

或许有一天你会看到这部电影。如果你看了，或许你会看到一些完全不同的、而我没有发现的东西呢。

我们中途在新加坡逗留了一会儿，半夜到露台上吸烟的时候，潮湿的空气仿佛一堵墙，几个小时后飞机到了悉尼，天气凉爽，空气清冷，雨丝如注。汽车行驶在宽阔的沥青高速公路上，我们在夜幕中进了城，顺便和接我们的司机聊了聊澳大利亚的乐队。"教堂。"我说。"噢，教堂！"他回了一句。我们路过的灯光仿佛在车内跳动。"The Hoodoo Gurus乐队。"我说。"没错没错。"他回道。"不过Go-Betweens[1]是最棒的，难道不是吗？"我问他。"你说得没错，"他继续说，"嗯，还是你说得对。对了，你们是从哪

1　与前文The Hoodoo Gurus皆为澳大利亚乐队组合。

儿来的？""挪威。"我一边回答，一边瞥了眼你母亲。"瑞典，"她也回了一句，"我们住在瑞典。""住在瑞典？"他发问，"瑞典那边现在有骚乱。""是吗？"轮到我发问了，"瑞典有骚乱？""对啊，就现在，新闻里在放。"

"真的？"我看着你妈妈，用挪威语问道。

"我不知道，"她说，"很奇怪。"

我们进了城，城市看起来与我想象的完全不一样。我想象中是一条宽阔无垠且阳光明媚的街道，向海滩延伸出去，但现实中我们正穿梭在一条树木茂密的漆黑街道上，天还下着雨。我一眼就看到了海湾另一侧的著名歌剧院，灯火通明，但下一秒我联想到的是卑尔根。汽车沿着马路往前开，绕过了一座矮山来到港口区域，车停了下来，我们走下车。

我们在酒店办理了入住，把行李箱打开。我站在房间外的露台上抽烟，看着灯光闪烁的黑色水面，远处高居于水面上的码头也是黑色的。"瑞典有骚乱。"在出租车上听到这个消息有点像得到了某种神启，原来是斯德哥尔摩郊外一条普通的船舶，上面停着的几辆汽车被人纵了火。从电视上看有些可怕，但我感觉现实中未必如此。

我看到你母亲躺在酒店的床上，我把烟头弹到水泥板上，打开推拉门。

"你累了吗？"我问。

"没什么问题，"她回答，"你呢？"

我摇了摇头。

"要不出去吃点东西？"

"好啊。"

我们沿着车开过来的方向往回走，从一座桥底下走过，这座桥在大雨中散着淡淡的光泽，过桥后是一些低矮的建筑，其中有几家酒吧和餐馆。你母亲很安静，看着和周围的黑色一样虚弱。我觉得这种状态或许是她的本性，最接近真实的自己，这种状态下的她，可以更接近她所处的环境。现在可以坐下来聊聊天了，并不是说要聊什么重要的事情。但聊有关于现在发生的事情，这挺要紧的。聊我们参与其中的、在现实中发生的事情，这一点是具有意义的，也是很有必要的。

十年前，我和你母亲在一起，当时你姐姐出生，那时候我们就是这样的。我们现在也是这样。这些天的相处让我们比过去几年变得更亲密了，不仅是因为她在我身边，而是因为我有困难会向她求助，而不是像之前那样长期地把她拒之门外。

我们聊了聊孩子，这么多年从来没有离开他们三个那么多天。我们聊到孩子，孩子的身份，之前过得怎么样，这些天他们身上应该会发生些什么，等等，感觉挺愉快的。在一个阴雨绵绵的夜晚，两个从斯堪的纳维亚半岛来的人坐在悉尼的一家意大利餐馆里，就像我们经常在餐厅看到的许多夫妻一样，他们有时候会沉默很久，却从来没想过，这其实也是自己生活的一部分。

无论如何，那天的感觉挺不错的。过了一周我们回到了家，孩子们站在走廊上迎接我们，既兴奋又快乐。我给他们带了礼物，最小的那个，以六岁孩子的贪婪速度把礼物拆开，两个大的则更矜持些，但个个都有好多问题问我们，比如我们都看了什么，在那边过得怎么样。因为在电视节目里看过太多次，澳大利亚成了一个与他们有着密切关系的国家，虽然他们没能亲自去到那里，但我们去了，也令他们开心不已。我告诉他们，我们参观了歌剧院，那边是秋天，天气没那么热，看着其实就和这里差不多。有一天晚上，我和妈妈去餐厅吃饭，那家餐厅坐落在海上的一座礁石岛，吃饭的时候，海浪拍打着我们脚下的陆地。

"有鲨鱼吗？"

"你看到袋鼠了吗？"

"那边的小孩也穿校服吗？"

孩子们在我们周围叽叽喳喳，不肯罢休，和我们絮叨着我们离开的这几天里发生的故事。

那天晚上你妈妈肚子里怀着你的这件事，没人知道。

几个礼拜之后，学校刚开始放假，我们去了法罗岛，入住英格玛·伯格曼的招待所里，离他漫长人生后四十年所住的地方仅有几百米的距离。我们正午出发，沿着海岸向北驱车前往奥斯卡港，前往哥特兰岛的渡轮就停在那里。我们的汽车是一辆多用途房车，后部有一个很大的空间，座位面对面摆放，当中隔着一张桌子。你的哥哥姐姐有时会在我们踏上长途旅行之前表示抗议，但如果他们能够接受在汽车里一动不动坐上好几个小时，中途在加油站和路边的咖啡馆停留几次，他们似乎也会喜欢这种生活。很快，他们陷入了一种百无聊赖的状态，坐在椅子上，冷漠地看着窗外经过的风景，然后不定时地突然活跃起来，最后可能以大笑或争吵告终，于是陷入新一轮的沉默。

这条路线我过去只走过几次，但这仿佛在我记忆的外部，我永远都不清楚接下来的景色是什么样子，但只要一出现我就能认出来。这和重新读一本小说有点像，你会有一种感觉，有些熟悉的事物正在靠近，但无论如何努力，都无法在它出现之前想起来。当看似新鲜的事物第一次发生，与上次的记忆相遇时，事件或描述就会变得格外丰富，你内心对现实的投影和外部现实之间的空间，在一瞬间突然打开，直到存在感更为强烈的外部现实抹去内心对现实的解读，内外的世界重新合二为一。

当我们从主干道出发，朝着奥斯卡港口开进去的时候，太阳低垂在天空中，正在向海面落下，船就停在那边，当我们沿着另一侧的匝道开车下来后，天色已暗，我们排在长长的汽车队伍中间，在港口前的一百米处，车子们紧紧挨在一起，随着道路分岔又渐渐扩散分开。我们继续向北行驶，穿过哥特兰岛特有的低矮森林，沼泽、丛林、空地和田野，静静地栖息在夜色中。在黑压压的树林中可以隐约看见平原，时而有薄雾缭绕，汽车大灯打出的光线在这些微妙的黑暗层次中显得格外刺眼，灯光照亮前方的道路，又从道路上的标记线和反光柱上反射回来。一公里又一公里，我们慢慢靠近岛的北端，那里停着另一艘渡轮，将把我们带到法罗岛。

有一年夏天，我们全家也在哥特兰岛度假，当时我们有一个孩子，另一个孩子已经在你母亲肚子里待了六个月。我记得当时我们住在斯德哥尔摩，正考虑是否要搬到哥特兰岛。最希望搬过来的人一定是我，我一直向往住在郊区，不过你母亲倒是也对此持开放态度，虽然她一直居住在斯德哥尔摩，没有去其他地方待过。我们打算在搬家后开启一段新的生活，但可惜我们都不是什么现实主义者，一处美丽的风景或是一场浪漫的表演都足以唤起我们的渴望，一种比所有现实反对意见更强烈的渴望。这也是为什么我们当时还想要一个孩子的原因。怀着希望，追逐梦想，事情出现了就去解决，这就是我们的生活策略。

一天下午，我在洗碗，你母亲在楼上睡觉。我从厨房流理台上方的窗户向外看去，外面的雨下得很轻，灰蒙蒙的光线让所有的绿色都焕发出北欧多雨夏季典型的浓烈光彩，我非常喜欢，它尤其会让我想起在挪威西部度过的夏天，那里酷爱下雨，景色有种冷峻的葱郁感，浓郁的绿好像丛林，但没有丛林那种蒸腾的繁茂，更像是一种清醒的野性，一种冷静的狂喜。

鳟鱼、壮观的瀑布、山坡上闪闪发光的草地，还有半没于水面的云彩。灰与绿，绿与灰。我的手浸在温热的洗碗水里，每次我举起盘子或者杯子，放在水槽旁边的灰色金属架上时，上面都会覆一层薄薄的肥皂泡。突然间我想到你的姐姐，有几分钟没看到她了。恐慌渐渐从心底升起，但我控制着情绪，慢条斯理地做着每一件事。我把洗碗刷放在台子上，明亮的黄色人造刷子，几乎没用过的白色刷毛。我把皱巴巴的手指在大腿的短裤上擦了擦，然后走到花园里，大喊着她的名字。我先看了看草地外，然后看了眼马路和后面的森林。她应该不会走到那儿去吧？应该不会。以家长对自己孩子的直觉判断，我觉得她应该没去。家长会有感觉孩子们到底在什么地方，所以我再次回到屋子里，瞥了一眼客厅，可是她也不在那儿。突然我听见楼上传来尖叫声。原来她上了阁楼，那儿没有楼梯，是靠梯子上去的。难道她是自己爬上梯子的吗？太危险了！她甚至还不怎么会走！

我赶紧走上去，她转过身冲着我笑，尿布还挂在屁股上，像只小鸭子。"你个小傻瓜。"我边说边把她抱起，从阁楼上下来。"你不知道梯子很危险吗？""不知道。"她其实没听懂我的话，眼神中满怀希望地看着我。

所有的父母应该都经历过类似的事情，有些事情可能要糟，但并没有。只要情况稍有变化，一个声音就会让她转过身来，失去平衡，一头栽倒在水泥地上。但声音没有出现，她也没有失去平衡。即便是一个那么小的孩子也有自己的能力，事情并没有那么轻易会真正出错。但生活就是这样，活着本来也就意味着和死亡为邻。

下午的时候我沿着森林小路跑步，森林和草地美丽的绿色光芒与雨后灰蒙蒙的天空令我心情愉悦，但完全比不上我第一次看到矗立在树木之间的石灰岩柱时感受到的震撼。在哥特兰岛的海滩上，地质层中稍软的岩层被海水冲刷风化，留下这些独特的岩石。它们看起来像是人造的雕像或纪念碑，同时似乎又是扭曲的，像是在反抗所有石头都注定无法移动的命运。我觉得它们本身是美的，但在这里，在它们从长满青苔的林地上拔地而起的地方，在树木之间，它们有种脱离尘世的感觉，非常陌生，但同时又负有某种奇异的使命，以至于我站在它们面前时，眼里竟溢满了泪水。

海浪簌簌拍打着下面荒芜的岩石沙滩，天空万籁俱寂，松树的树干泛红，树枝是一种干枯的苍绿色，在多汁贪婪的绿色苔藓的映衬下显得格外苍白，图腾般的岩石与人等高，像是另一个时代留下的产物，而这个时代早已成为过去。

我后来想，这或许就是我热泪盈眶的原因，它们在时间中创造了裂隙，它们在这里，一直在。

我继续往前跑，跑到家里，跑到你母亲的大肚子旁，跑到你姐姐的小身体旁，跑向我的家人，跑向我所拥有的一切。

八年后，当我们驶入同一个岛屿北端的渡轮区时，你的两个姐姐和哥哥在后座上睡着了。你母亲坐在我旁边，很安静。我在想，她应该又陷入了上次怀孕时那种奇怪的孤僻情绪。这种情绪并不完全是内向的，她做任何事情都十分专注。它更像是外部发生的一切对她来说都不再重要，真正重要的、有分量的事情，都发生在她的内心。

我一直在留意她的心情，去解读她说的话和做的事，然后拼凑整合在一起，就同我儿时记录父亲的一举一动一样。因为我的存在本身就依赖这些，所以我会把这些有关心情的晴雨表记下来。

现在还不错。

我们开车穿过一个非常狭小的地方，船就停在面前，光影投射在水面上。港口另一侧的甲板上还停着一辆车，除此之外，整艘船空空如也。我刚把车开上船，停在这辆车后面，船就开始移动了。我们走上工业动力照明的甲板，站在栏杆边，眺望柔和的夏日夜晚，两边的两座岛屿留下黑色的剪影，海水和天空的颜色比它们稍浅一些。

"我们很快就能到了吗？"你的大姐姐问道。

"没错，"我回答道，"我会打电话给他们，告诉他们我们现在的方位。"

我离开大家稍微走远，点了一支烟，掏出我之前从组织者那边拿到的文件。上面写着我们要去的地方，还留了一个电话号码。等我们接近目的地的时候，我就要打电话过去，这样可以让他们给我们留好钥匙。远处的孩子们站在他们母亲身边，抬头看着静谧夜晚里的海湾，母亲则把最小的弟弟抱起来，好让他也能看见海湾的模样。我一边看着他们几个一边按下纸上写的电话号码。我想，其实你也在，虽然当时的你还是最原始的模样。电话那头是一个女士，我说我们在船上了，她和我解释了开车的路线，还提醒我那地方不好找，如果迷路了就再给她打电话。

八年前的那个夏天，我们也去过法罗岛。我记得我们一直有些期待认出英格玛·伯格曼的故居，我们在无数的电影和照片中看到过它，位于一个很偏僻的地方，当地的人从来不会回答有关的问题。伯格曼本人那时还在世，不过我没有任何和他会面的欲望，我对于其他艺术家和作家也是这样，因为作品的魅力总是比现实更直接、更个性化，比面对面更加亲近。文学所表达的不就是一种可望而不可即的、现实中不存在的亲近感吗？如果说我们对那座低矮狭长的棕色树屋有所留意，它坐落在岛上众多海滩中的一处，挨着森林边缘。那是因为它作为地标所具有的吸引力，人们在到达一个新地方时总会寻找自己听说过的景点。也许还因为伯格曼太富神话色彩，让人感觉他不可能真实存在，或者曾在某时某地出现过。他的作品广为流传，以至于我们总觉得他本人被这些作品所掩盖了，成了一个虚构的人物。

这里就是我们来过的地方。在距离渡口还有几公里的时候我们向右转，没多久再向左转，进入一条坑坑洼洼的碎石路。这条路先是穿过几块开阔的田地，然后消失在黑漆漆的松林里。

这条路狭窄蜿蜒，车灯射出来的光线不断闪过路边幽灵般的树干。我们驶过左侧的一栋房子，四周围着高高的围栏，这一定就是伯格曼的家了，过了几百米后，道路尽头出现了两栋房子，前面有一片小小的碎石空地。

"是这里吗？"你的大姐姐问道。

"我们到了！"我一边说一边关掉引擎，拉上手刹。

"终于到了！"另一个姐姐说。

"我真的很想去厕所。"你哥哥说道。

下车后，我打开后备箱，拿出袋子、背包还有装着食物的手提袋，这时候其中一栋房子的门开了，门里走出来一个女人，就是接电话的那一位。她对我们的到来表示欢迎，走到我们面前，你哥哥却瞪大眼睛盯着树林看。拿到钥匙后，他撒欢儿地跑进房子里。那位女士离开后，我把行李一一搬进房子，女孩子们马上开始为住二楼的哪个房间争论起来。

我想既然到这里，那肯定要聊聊伯格曼，所以我在来这里前重读了两本他的书，《善意的背叛》和《私人谈话》。我已经全然忘记在第一次拜读这两部作品时，它们之于我的重要性以及这两本书对我写作的第一部作品所产生的影响。伯格曼写的这两部作品，讲述的是他的父母，在书中被叫作安娜和亨里克，前一本书讲的是父母相识相知相恋的过程，第二本讲述的是数年后发生的一件事，当时安娜想公开她和一名神学院学生的婚外情。父亲在书中的形象给我留下深刻的印象，不论是我称之为"幼稚的权威"的诠释方式，还是他身上类似我父亲的一些特质。这个父亲对于我塑造我自己书中父亲的形象有巨大的影响。而我的这本书，中间讲述了主人公的父母相识的过程，我给主人公命名为亨里克。有关这部分的内容我没法继续读下去，因为尽管这部分代表的是我父亲和母亲的故事，而且与现实也部分相符，因而在某些维度算挺有意义，但我将其视为一个错误。我并没有经历过我笔下的这些故事，我指的并不是事件本身，而是其代表的意义。这些抽象的情感并没有在我的体内流淌过，我无法感同身受，所以即使表面像是真情实感，但实际上却虚伪至极。从这点来说有些讽刺，因为当时我沉迷读的那些书，谈论的却都是有关真相的问题。"非变态之人，非作恶之人，无法对'真相'施暴。"这是雅各布，也就是《私人谈话》一书中安娜小时候行坚信礼时的牧师，在坚信礼完成后所说的话。但真相本身意味着暴力，这两本书所展开讨论的也正是真相和暴力两者之间的关系。

丽芙·乌尔曼拍摄了《私人谈话》，我在二十七岁的时候看了这部电影，当时的我仿佛被它催眠了。我当时所能理解的并不多，就连现在我其实也没怎么看明白。但这部电影有一种巨大的情感力量，我对此毫无抵抗力。我当时以为这部电影展示的是"赤裸的生活"。电影讲述的经历，婚姻破裂以及随之而来的焦虑，其实无足轻重，因为我自己并没有共鸣，而且离这些经历还很遥远。我觉得，这些经历所带来的感受也并不属于婚姻破裂的范畴，而是有关"赤裸的生活"，也即撕开生活的表面，或是当你诚实面对自己时，生活的真实模样。

长久以来我一直都认为，作为一名作家、导演或是艺术家要传达的知识应是具有学术性的，经验也应是学术的。一本小说、一部电影或是一部艺术作品包含着一种洞察力，而阅读就是从艺术作品里获取这种洞察。当我观看了丽芙·乌尔曼的电影，阅读了英格玛·伯格曼的书后，我便开始思考学术知识、学术经验、智慧的洞察力，这些都不过是对生活本质的，也即"赤裸的生活"的一种掩饰。大部分的书籍、电影和艺术作品也大抵如此。

这一点却和我过去所学到的东西背道而驰，简直是反智的，但它同时又与我一直知道的、自我十几岁起就一直在抗争的东西结合在一起，那就是所谓的率直的优越感。然而，伯格曼从来都不是一个率直的电影人，而是完全相反，《私人谈话》这本书也与电影不同，它一点都不率直。书里强调的是真相的后果以及自由的代价，并且以最简单最自如的心理角度，精确地表达出来。安娜的母亲曾经警告她，不要同亨里克在一起，她认为对方并不适合安娜，他是一个需要安娜牺牲一切的男人，为了和他在一起，安娜必须抛弃自己的生活，抛弃自己。但她毕竟年轻，相爱是难免的，她选择遵从自己的内心。几年后，当她在乌普萨拉的教堂墓地遇见牧师雅各布的时候，她过着双重人生。她爱上了学生托马斯，并与他私下偷偷见面，另一边却和亨里克以及孩子们在一起生活。这一次，她明白她究竟在干什么，她权衡了各方面的利弊，她的行为是经过深思熟虑的。她的爱也是具有毁灭性的，书中所呈现的力量、爱和爱的破坏力，是与自由相捆绑的，这些特质让安娜成为文学界另一个不忠的女性的姐妹，那就是托尔斯泰笔下的安娜·卡列尼娜，她最后将自杀视为一种出路，并选择卧轨。她们所爱的男人具有相似性，都比她们要小，都远不如她们成熟，都被她们深深爱着，连同他们的缺点一起。

这是什么样的爱呢？

在托尔斯泰的众多作品中，还有一个角色具有类似的人设，那部作品表达的爱与之类似，我想说的是《战争与和平》中的伯爵夫人玛丽亚，她最终嫁给了尼古拉·罗斯托夫。从某种意义上来说，他是一个各方面都非常优秀的人，但她却能看见他身上所有的不足和缺点，他的不成熟和虚荣，纵然他的眼里没有她，她仍然深爱着他。她看他的眼神，会让人联想起父母看自己孩子的眼神，至少和我看我孩子的眼神一样，我总是比他们自己更了解他们在做什么、他们为什么要这么做、为什么要这么说，我能看见他们身上的缺点和错漏，但他们却感觉不到这些，也看不见我看他们的眼神，那眼神里充满了父母对孩子无条件的爱，越是难以让人察觉，这份爱就越浓烈。其实深思起来，也不算奇怪，在英格玛·伯格曼写安娜故事的时候，他写的就是他的母亲，而列夫·托尔斯泰在描写玛丽亚的时候其实写的也是自己的母亲，从亨利·特鲁瓦亚（Heri Troyat）写的托尔斯泰的传记来看，玛丽亚身上流露的全都是他母亲的特质，那些故事也便是他母亲的故事。

　　如果我要撰写母亲对父亲的爱，那我大抵也会那样写。只有这样我才能理解她对我说过的话：她爱他。而我自己永远也无法这样去爱，纵然在很长一段时间里，我希望有人能用那样的方式来爱我。

我们在法罗岛上这座伯格曼式的夏季别墅里住了五天，五天的时间足以让我们建立起生活的节奏。我每天早晨会开车去商店买早餐，上午会载全家人去海滩边游泳，中午则去海滩边的户外餐厅享用午餐，到了晚上等孩子们都睡觉了，我们俩会挑一部伯格曼的电影看，因为我很怕在毫无准备的情况下参加接下来的活动。

有一天晚上你的两个姐姐和我们一起坐在沙发上，当时我们在看《第七封印》，她们俩可吓坏了。尤其是看到女巫被绑在墙上那一部分，她们很想知道女巫之前做了什么疯狂的事情才遭到这下场，过了好几个月这一幕在她们心里依旧挥之不去。我猜想让她们真正着迷的，首先是女巫的概念，不仅属于童话世界，也存在于历史的现实中，这对她们来说是不小的震撼；其次则是在这个现实中，女巫实际上并不存在，但人们却相信它是真的，因此还是有部分妇女被视为女巫。我曾经和她们说过有关女巫审判和水刑的故事，人们会把她们捆起来扔进水里，如果能浮起来，那她就是女巫，大伙儿会把她活活烧死；如果她们沉到水底，那便不是女巫，人们会为其举行基督教葬礼。"无论如何都是死路一条！"她们嚷嚷道，"太不公平了！她们才不是女巫！""嗯，她们不是，"我说，"不过这些事情都发生在很早以前了。那会儿的世界和现在是两个模样。这对我们来说就像是一则童话故事。你们看到的，是电影情节。被绑在墙上的，是一个演员。"

反过来，我也被她们的着迷吸引，因为即便我们同住在一栋屋子里，在同一个世界上行走，但她们却以不同的方式与这个世界联系在一起，我们所思考和经历的东西在她们身上几乎完全不存在。我们基本不怎么看电视新闻，所以有关暴力、事故、问题和担忧的集中性爆炸式的视觉体验，我们很少接触，这些似乎只存在于生活的背景中，像是一层模糊的壁纸。当某天你的大姐姐和我说，她觉得某个总统是一个坏人，或者瑞典民主党是一个糟糕的政党，又或者当我在屋外停车时，小姐姐问我为什么纳粹要杀死犹太人的时候，电视里的一切就突然被激活了。从某种奇怪的角度来说，我很喜欢目睹她们心中原本安全无害的现实世界破灭，因为这是她们迈向成人世界的第一步，也是成人世界向她们渗透的第一步。我认为这是一种征服，而她们会在其中占据一席之地。了解一切的渴望和安全感同样重要。成人世界的其他部分——你母亲和我之间的部分，我们和亲朋好友之间的部分——存在的问题，你两个姐姐倒是毫无疑问地欣然接受了，因为从某种意义上说，这些部分构成了她们生存的条件，但我同样注意到，我们的同情和反感是如何传递给她们的，我们的冲突，即便没有表达出来，也会使得她们在许多微小的方面选择立场，就像被某种无意识的需求驱使着，建立生活的平衡。

她们就像水一样，流进开阔的地方，绕过没有空隙的所在。

在法罗岛的这些日子里，你妈妈有些孤僻，说的话也不多，但当我们去海滩的时候她放松很多，仿佛明亮的湛蓝天空和亮闪闪的阳光也将她阴霾的内心照亮。我不介意她的沉默，那段日子很开心。这种开心并非是那种强烈的欢喜，更像是一点一滴累积的满足，就像是当我穿着短裤坐进车里，座椅的温热传递给大腿的感觉。当我打包好装满沙滩用品的袋子，全家人都坐进车里，然后我发动车子，慢慢驶过有树荫的狭长碎石路，这种全家人一起活动的场面令我心生愉悦。当我坐在长椅上乘凉，靠着墙壁抽烟，或者在早上，当全家人围坐在餐桌旁，在炎热的花园里享受早餐时，昆虫在花丛中飞舞，空中传来阵阵嗡鸣。海滩旁那片青草覆盖的土地被用作停车场，这让我想起了我小时候，每次我和祖父母划船去他们的度假小屋时那里的停车场。黑色的车轮、绿色的草地，在我们停车点上方的树荫，空气里的热量，还有穿着一身短袖短裤做动作的轻盈感，都让我心驰神往。所有的声音仿佛都从缥缈处而来，草地上的寂静仿佛近在咫尺，快要穿透身体。当我们扛着遮阳伞，提着袋子走过海滩，大海在我们面前敞开，所有人的步态都发生了变化，每走一步脚下都踩着沙子，所以每向前一步，都要向后退一点。啊，湛蓝色的天空，从海上吹来的风，还有打在沙滩上的灰白色海浪，这一切汇成一种既亲近又遥远的急促声响，无论是否有人听到，它总是在这里响起，这让我明白，我们存在于宇宙中的某颗星球上，这个念头让我有一闪而过的欣喜感。

我们一直走到离其他游泳者足够远的地方，我把遮阳伞用力插在沙子里，向每个人扔了一条毛巾，然后躺在沙滩上，点上一根烟。你的哥哥姐姐们换好泳衣，奔到海边。我对游泳已经没热情了，在我看来低于二十五度就算寒冷，我更喜欢在暖和的沙滩上躺一躺，静静地望着大海、天空还有在水里游泳的人们。他们很快就会跑回来，身上滴着水，也许还在发抖，眯着眼睛看着太阳，要我们同他们一起游泳，或者给他们买冰淇淋。

　　"你们能给我们带两杯咖啡吗？一杯加奶，另一杯不加奶。"我对着过了会儿站在我们面前的姐姐们说。

　　"当然可以啦，"你的大姐姐回答我，"但我不想去买。为什么你们躺在这里什么都不干？我们又不是你们的用人。"

　　"那你们要冰淇淋还是不要呢？"

　　"我们要吃冰淇淋。"妹妹一边说，一边祈求似的看着姐姐。

　　我有些后悔刚才下的这番最后通牒，因为之后她很可能坐下来和我们说她不要吃冰淇淋了，即便她内心很想吃。这样的话那我们所有人都陷入了一无所获的局面。

"那随便你们吧，"我一边说，一边从裤子口袋里掏出一张一百克朗的钞票，"这个给你们。"

她们走在沙滩上，四肢纤长，皮肤被晒成小麦色，金色的长发迎风飞扬。弟弟意识到了什么，走了过来，问他是否也可以一起，跑了几步，跟在她们身后。

"他们真可爱。"你母亲说道。她坐在离我几米远的地方，一边说一边看着他们。

"嗯，"我说，"没错。"

我们就这么安静地坐了一会儿。我不知道她在想什么。我从来都猜不出。我不再能够强烈地感受到她的存在，过去的这么多年里，我一直在猜测她喜欢什么，满足或是拒绝她的心愿。

我们相隔的距离令人有种自由感。

但并不是一成不变的。

"你也想要冰淇淋吗？"我问。

"不，我不用。"她说。

"你应该还没觉得后悔吧？"

"后悔什么？"

"后悔我们再要一个孩子？"

她凝视我许久，好像想要弄明白我究竟在想些什么。随后她摇了摇头。

"除了孩子我什么都不想要。"她说。

我靠回椅背上，从口袋里掏出香烟盒，挂着胳膊肘点了一支。

"你和你母亲说了吗？"我停顿了一会儿继续问她。

"当然还没有。"她说。

"那我们不说吗？"

"现在说？"

"有何不可呢？她是你母亲啊。之前几次我们不也是很早就说了吗？"

她母亲有一股能震慑住别人的正能量，我认为现在的她需要别人鼓励她，告诉她等待新宝宝出生是多么美妙的一件事。

在短时间里生育三个孩子就好像在暴风雨中紧紧抱着桅杆一样刺激。而现在，我们还会有一个孩子，一场新的暴风雨。在外人看来，我们可能太轻率、太鲁莽了，尤其是考虑到去年夏天所发生的事情。但对你母亲而言，比起过去，有了孩子以后，她的生活要过得比以前开心。

"或许吧。"她一边说，一边俯身拿起手包，拿出手机按下号码，然后放到耳朵边。

我躺在那里，抬头呆呆望着天空，透过深色的墨镜看去，天空似是染上了一层烟尘，我仔细听着她们的谈话。她说我们现在已经到法罗岛了，一切都很顺利，孩子们也很好，正好她有些事要告诉母亲，一个好消息。我听见你外祖母在得知这一消息后的声音，快乐和热情从电话里溢了出来。她并没有说她自己究竟是怎么想的，因为无论何时何地，她永远都支持自己的女儿，但从语气语调里可以听出来，她是由衷地为她女儿感到高兴。

"她怎么说？"你母亲挂掉电话后我问道。

"她听了很高兴。"她说。

"那就好，"我一边说一边坐起来，把还在燃烧的香烟深深地插在身旁的沙子里，"我有点迫不及待地想把这个消息告诉孩子们。"

"嗯，你觉得孩子们会说些什么呢？"她笑意盈盈地看着我问道。

她的笑容让人如沐春风。

与此同时，三个熟悉的身影慢慢出现在远处的沙滩上，女孩子们走路的时候双手小心翼翼地护在身前，这下我明白了，她们还是给我们买了咖啡。

那年夏末我们本来要去巴西度假。你肯定以为在你出生前的这一年里，我们一直都在度假，但事实并非如此。往常的话，我们每天夏天会去一趟挪威，其余时间都在家。但去巴西的前一年，我答应参加巴西的一个文学节，在问过对方能否捎上家属后，文学节主办方给了我肯定的答复。他们不承担机票，但酒店的费用由他们来支付，除此之外还会为我们安排好一切。巴西当时是冬天，所以过了文学节，我们要飞往暖融融的北方，并在那儿的酒店待一个星期。

在那之前，我已经开始给你写类似日记的东西了，或者说一封长信，写有关你是谁，当我们在等待你的诞生时，家里发生了什么。我不清楚自己为何要这么做，但我觉得，我当时只是想，等你落地的时候，哥哥姐姐都已经挺大了，到时候他们分别是十岁、八岁和六岁，他们已经在一起生活了很久，有了共同的经历，我不希望到时候你只是他们的一个附属品，如果你明白我的意思。我知道，你至少要到十六岁，才能读到我写的这些故事，所以我写这些文字，更多的是为我自己，为了让自己做好准备，通过你的眼睛来审视周围发生的一切。同时也是从原本的生活中，给你腾出一点空间的方式。

初夏时分，空气中仍然带着丝丝凉意，只要太阳被云层遮住或是下一场雨，热量就会消失，所以身上总觉着有些冷，太阳投来的暖意像是某种不成功的措施，就像秋冬季节的酒吧和咖啡馆在户外为吸烟的人准备的取暖器，坚持不了太久。六月底的时候，气温开始回升，一个高压气旋笼罩下来，一直延续到九月份。今年夏天是自从我和你母亲十年前在一起后，最宜人的一个夏天。当时我和你母亲在阳光明媚的斯德哥尔摩漫步，每到傍晚，太阳就沉入西边地平线上火红的海洋，紧随其后的夜晚温暖轻盈，仿佛没有尽头。但奥斯特伦这个地方的氛围有所不同，那儿的夏天是另一番模样，是一种别样的风情。不是建筑空间里人与人之间的气氛，是音乐从敞开的窗户里传来，情侣在午后的大街上散步，公园里挤满了人，烤热狗和燃烧的热煤炭的味道，渔船在港口相互碰撞的声音，酒吧里人声鼎沸，海盗出租车像鲨鱼一样在夜晚的街道上游弋，夜店外流连的人们成群出现，到了早晨那些人又辗转到快餐店里果腹，当天空迅速泛白，空气中不知不觉充满鸟鸣，阳光再一次照耀在屋顶和墙面上，闪烁在窗户、天线、汽车和每一片水面上，公园里枝繁叶茂的大树在原本炽热的草坪上投下浓密而充足的阴影。夏季也给奥斯特伦带来了一些别的东西，那儿也有密集的小城镇，到处都是游客，还有带户外餐厅的小船，但这些都不是关键，也不是让这个地方特别的原因，那儿的夏天有浩瀚的天空，一望无际的蓝色朝各个方向无限蔓延，天空下方的大地也同样无穷无尽，满是金色的麦浪，在午后吹拂的微风中像海浪一样起伏，农场里的庄园像是建筑物和树木构成的一座座小岛，两两之间隔着数百米的距离。沿着海岸线是绵延数公里的海滩，有些地方很深，就像被风吹起的沙丘下宽阔平坦的沙带；有些地方很窄，悬崖峭壁直插大海，森林一直生长到沙滩边缘。这里的天空也一样高，但大海与天空融为一体，创造出一个空间和光线交错的世界。

想象一下这片静止的风景，日复一日。没有一丝风，只有深蓝天空下和田野间静止的空气，鳞次栉比的树木，纵横交错的小路，还有头顶上缓缓飘过的白云。它所营造的氛围，至少在我心里，是一种孤独和归属并存的氛围，也是无穷无尽和近在咫尺兼具的氛围，一切都那么渺小，那么有本土气息，一栋栋房子，一座座小镇，浩瀚的天空似乎将一切都拖向无限，不是空间上的无限，而是与时间有关的无限。

我该怎么和你解释这种感受呢？

或许有一天你会感同身受，或许不会。

但最重要的就是让你知道这种感受的美好。当我们每天早晨醒来，这是之前每天都会发生的事情，因为你的姐姐们不管上不上学都会在六点钟醒来，这个时候气温已经升起来，我可以穿着短裤走出去，把信箱里的报纸取回来，然后坐在花园里读。阳光直射在这片小小的空间，照在我们放在厨房窗户下的桌椅上。

大黄蜂在我身旁的花坛里嗡嗡地飞来飞去，花坛一直延伸到房子的尽头，那里有一个小木梯，通向一栋房屋的入口。这里之前有三栋独立的房子。在那里，在梨树的树荫下，在被藤蔓植物完全覆盖的木拱门上，你母亲会坐在那里喝咖啡。和我相反，她的皮肤苍白柔嫩，受不了阳光的直射。

但我们从法罗岛回家后，她却一次都没去那儿坐过。阴郁慢慢笼罩在她身上，几乎要把她完全吞噬。这从她的一举一动里就能看出，她的动作越来越慢，活动范围越来越小，说的话也越来越少。早晨她慢悠悠地走下楼梯，然后慢悠悠地从冰箱里拿出酸奶，再从橱柜里拿出谷物麦片，之后慢悠悠地坐在餐厅的桌子旁吃早餐，眼睛直勾勾地盯着前方。她会和我们一起吃午饭和晚饭，中午过后她会走到二楼的房间里睡个午觉。当我过几个小时也去躺下休息时，她的眼神在半昏暗的房间十分惊恐，她低声对我说："我坚持不住了。"我安慰她说，怀孕都是这样，一切都会过去的，只需要耐心点就行了。"但我坚持不下去了，"她说，"我该怎么办？"

这些日子里，她的生活和家里其他人的生活几乎没有任何交叉点。我和孩子们一起进城，买了一个又大又深的塑料游泳池，充气后放在几栋房子之间的石板路上，一注满水孩子们就跳进去游泳，尽管水一开始很冰。我还买了羽毛球拍和球网，挂在草坪上，每天打几次球，单打和双打都有。你的哥哥姐姐每天都会带朋友回来玩，或者去对方家里玩。这里很少有少于四个孩子的时候。午饭和晚饭我们会去外面吃，要不就在别墅尽头的空地上吃。这里有一扇门与花园的其他部分隔开，也因为这一点，感觉就像一个独立的世界，有时我们会在花园另一头的苹果树下，在树下的桌子上吃饭。

花园在冬天的大半年里不太显眼。它是一个长方形的区域，围着栅栏，在几栋房子间一直延伸到二十米开外，长满了苍老弯曲的针叶树，还有淡黄色的小草。花园里的家具都覆了一层绿色的霉菌，看上去令人沮丧。秋天的时候，因为天气太冷，这些家具没法使用，也没人费劲去把他们搬进室内。但到了春天，花园会经历一场翻天覆地的变化，这里的土壤很肥沃，植物的生长力很是惊人，所以到了夏天，花园的长方形形状就不明显了，很难看出花园的边界在哪里，树木和灌木丛将花园变成了一座迷宫，花园内外绿意盎然，五颜六色的花朵在夏日盛开。花园的种植是规划过的，从三月初到八月中旬，一直有新的植物在开花，这样一来，花园的色调似乎在随着各个季节的花朵慢慢变化，就像从一个轮盘里跑出来一样，一个滚动得极其缓慢的轮盘。春天的时候有几个礼拜，梨树下的地面完全被一层蓝色的花朵覆盖，因为草坪仍旧呈灰绿色，树上的叶子也还没长出来，蓝色显得格外光彩有生命力。接着是鹅掌楸和木葵花，然后是郁金香。到了五月，花园里的其他花朵也竞相开放。欧丁香有自己的季节，玫瑰也是，到了八月底，当你以为花期都结束了，房子东边几乎被树枝完全遮蔽的地方，灰暗的土地上会突然闪耀出紫色、淡红色、粉色和蓝色的光彩。

等到下雨的时候！当树叶繁茂的树冠被水汽浸得昏暗一片，草地湿润而沉重，暗绿色的花园上笼罩着灰蒙蒙的天空，这些花朵的颜色变得愈发明亮，仿佛和灯光一样轻盈，好不美妙。

但花园最美的时候莫过于盛夏，空气仍旧温暖，树木静止不动，将阴影投射在绿光里，边缘处呈现出一道道光晕。当海边的微风吹来，光晕开始颤抖摇曳。孩子们在喷水器喷出来的水里尖叫着跑进跑出，或是像白色的小海豹一样在水池里滑来滑去，又或者全神贯注地去接空中飞来的羽毛球，一个个深蓝色的天空里的红白色小球，又或是各自躺在树荫下的毯子上，面前放着电脑，屈起的双腿无意识地慢慢摆动。黄蜂和苍蝇在周围发出嗡嗡声。篱笆的另一边养着两匹马，它们吃草时会突然发出近乎雷鸣的声音，想要飞奔而去。通常是清晨或傍晚，天气没那么热的时候，地面在马蹄的重压下震动。

这段时间，房子的门总是开着，屋里和屋外几乎没有分别，孩子们赤着脚或是穿着拖鞋跑来跑去，身上穿着泳衣、短裤或是裙子，饿了就站在厨房里啃两片面包，或者自己冲到杂货店去买冰淇淋，然后跑到花园的某个角落里慢慢享受。

现实世界和你母亲内心里的世界几乎不再有任何联系。那份联系被切断了。在几个星期以前，对她来说美好的事物突然变得不再美好，变得一文不值。因为真善美在我们和世界之间的联系和交流中是有意义的。东西和事情本身不具备任何意义，意义是在它们唤醒的某种结果中产生。你母亲身上的变化就是，这个世界在她的身上再也不起任何波澜了。那种联系被切断了，她被这个世界隔绝在外。

她生活在黑暗中，能感受到的只有她自己和疼痛。我知道这一点，我的孩子，因为我看见了，我看见她身上承受着不可承受的东西。她整日躺在床上，这本是不可能的事，可她除了床上无处可去，而床则与睡眠和黑暗相联系，黑暗即是她所向往的，因为她的睡眠无比疼痛。她每天其实能睡的时间很有限，其余时间她只能闭上眼睛一动不动地躺在二楼，躺在这栋房子被遗忘的那个房间，太阳慢慢爬上屋顶，里头热得像一个桑拿房，她想必也能听见周围世界的声音，但她无法加入其中。孩子们在游泳池里游泳嬉戏的尖叫声和欢笑声，我在房子后的花园里用割草机在地上一圈圈割草的声音，关上厨房橱柜门的声音，打开瓶瓶罐罐或从里面取东西的声音，当我开始做晚饭时收音机里传来的声音，还有你某个哥哥姐姐发出需要帮忙的声音。海滩边上人们奔跑嬉戏的声音，孩子们从四面八方冲回家的声音。屋外马路上熙熙攘攘的车流声，汽车驶入我们的街道并从我们卧室窗户下经过时，清晰的发动机声，还有轮胎向前滚动轧在马路上的声音。邻居们各自端着一杯酒在花园闲聊的声音，已经刻意压低了，但在静谧的夏日夜晚依然传得很远。窗户通风口处整日里送风出风的声音，还有楼下开着的电视机里传来的声音。她躺在床上的时候一定都听到了，因为她整日整夜都躺在那儿。我不知道这些林林总总的声音还有各式各样的生活片段是如何呈现在她心里的，也不了解她听到这些声音的时候脑子里会想到什么。但如果一切对她而言是黑色的、痛苦的，并且在她内心不断生长以至于都无法容纳其他的内容，那我猜测她可能根本没听到。如果她听进去了，那一定是很遥远的声音，就同现实中的声音钻入梦境中的感觉一样。假如她能辨认出其中一种声音，例如你的哥哥姐姐发出的欢声笑语，那这些声音在她内心一定不是正面的，或是充满未来和爱的声音，而是负面的、有害的噪音，因为她已经不再是未来和爱的一部分了，以后也不可能了。

她每个月都会出现一次这样的情况，不一定每次都那么激烈，但程度足以伤害到她。换句话说，我也已经习惯这样的生活。从某种程度来说，我在努力地抵抗，为了不让她眼中的痛苦也传染到我，对她而言意味着什么不能也适用在我身上。因为那样的眼神所祈求的，是爱与照顾，而且是没有穷尽的。我同时也要兼顾正常的生活，不仅仅是因为有三个孩子需要养育，同时还因为我需要赚钱，也就是说工作。这种情绪在我内心持续波动着，当黑暗降临在你母亲身上时，当痛苦和焦虑像雪崩一样将她淹没，当她躺在沙发或床上觉得不舒服时，我会选择忽视这一切，寄希望于她能或多或少明白，她只有依靠自己才能彻底走出黑暗。

这一次我还是失望了。很久以来我们的日子都过得很好，而且生活已经发生了新的变化，我们正在等待一个孩子的诞生，那就是你，实际上你已经存在了，存在于她的肚子里。你是一个新生命，即将在妙不可言的夏季诞生。家里已经有三个可爱的孩子，他们顶着晒成麦色的肌肤在美丽的花园里四处乱窜。她怎么能对这一切视而不见呢？她难道看不到这一切多美好吗？

可她只是沉默无言地待在闷热的卧室里。今天她难得下楼来吃饭。她的脸上面无表情，像戴着一个面具，浑身不舒服似的。她的动作很迟缓，像一个上了年纪的人。她把手慢慢地、慢慢地抬到桌子上，紧紧握住叉子，上面叉了一块添加过香料的土豆，然后再慢慢地、慢慢地划过空气，把土豆送到嘴边，接着嘴巴再慢慢地、慢慢地张开。她看着我，眼神中充满了痛苦。如果孩子们不在，她会用轻到几乎听不见的声音说：

我该怎么办。

我再也撑不下去了。

我该怎么办。

我撑不下去了。

这番话像是祷告词，仿佛她把自己困在了这两句话里，仿佛这是她所拥有的一切。为了表示我不接受这样的她——心里只有这两句话的她——我会调高嗓门回答。高嗓门的声音是对她这番祷告词的否定和无视，她并不是只有这些。即便这么做会让人恼火，但我厌倦了所有的窃窃私语、所有的拘谨、所有的谦卑、所有的无助和所有扯开话题的行为。

"会过去的，"我说，"总会过去的。"

说完我把盘子放进洗碗机里。

她跟在后面，步伐缓慢，前臂与身体保持九十度角，仿佛捧着什么东西，但她手里空空如也。

我转过头，满脸疑惑地看着她。

"我们没法走。"她轻声嘀咕。

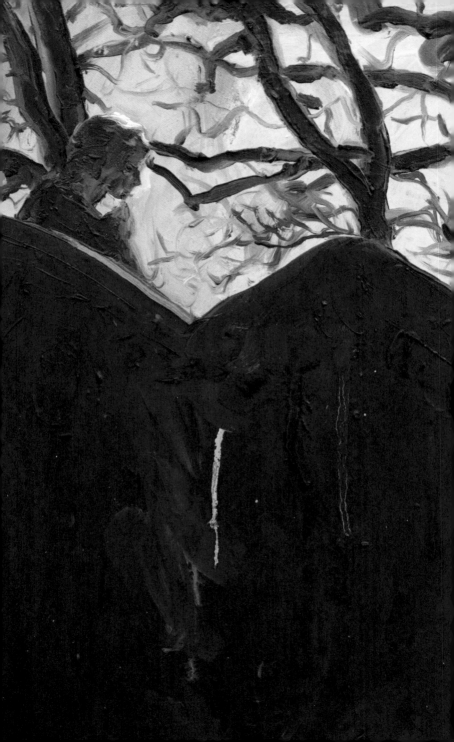

她的眼中似有火焰在烧。

但没有光，而是在黑暗中燃烧。

"你在想什么？"我一边大声说一边直直地盯着她，"我们不能去哪里？"

"巴西之行。"她的声音轻到快听不见。

"你说什么？"我问。

"巴西，"她说，"我们没法去。"

"我们当然可以去，"我说，"难过的感觉会过去的。每次都是这样。你只要在床上躺几天，或许躺一个星期，就好了。"

"我们去不了。"她低声说。

"我们，不能，取消，"我喊道，"你听不明白我的话吗？"

她看着我。虽然她的目光里充满了痛苦，但我一直盯着她看，直到她的目光垂向地面。然后我转身继续往洗碗机里放盘子。她在我身后站了一会儿，这一行为让人难以忍受，我似乎无法抗拒，有种只能转身答应她的任何要求的冲动。但我没有转身，只是把带着残渣的水倒进水槽，把玻璃杯倒扣在最上面的架子上。我打开水龙头，让水流冲刷着倾斜的盘子，在洗碗池里慢慢地转着它。

我听见她的脚步声，离开房间，上了楼梯。

我把剩下的盘子冲洗干净，摆在洗碗机的底层，然后将所有刀叉都插进角落里的收纳桶，把洗洁精倒进小舱口里，关上洗碗机的门，按下启动键。然后我给自己倒了一杯咖啡，走到屋外的花园里。

我在厨房窗户下的桌子旁坐了许久，看着外面的景色。太阳挂在西南方向的天空中，草坪地面上的影子开始拉长。孩子们在屋子里，但屋子外到处都是他们留下来的痕迹。蓝色的塑料泳池前，一双粉色鞋带、米色软木鞋底的凉鞋放在石子路上，其中一只鞋子还放倒了。苹果树的树干上靠着一把白色和橙色相间的星球大战玩具步枪，草坪上有好几处堆放的毛巾，从我坐的位置能隐约瞥见大门背后停放的自行车，在阳光的照射下，金属车身闪闪发亮。几天前他们带到屋外的毛绒玩具，没有收回屋子里，就放在另一端的砖墙前的草坪上，之前这地方可没有这些东西。有一只北极熊、一只熊猫、一只老虎和一只猫头鹰，这是我能辨认出来的。游泳池边上有一套蓝底白点的游泳衣，薰衣草花坛里有一个足球，离我坐的地方半米远，黄色皮革上有一个深深的凹痕，在我书房的窗户下放着一只蓝色的篮球，稍远一点的地方是装羽毛球拍的盒子。

　　想要做好事的冲动在我心中翻涌。我很想走到她面前，和她道歉，这样就能恢复平衡，我用尽了全身的意志力才克制住这份冲动。

　　但如果我真这么做的话，我所纠正的并不是我们之间的平衡，我告诉自己，我纠正的是我内心的平衡。我想上楼去找她并不是因为想表现自己有多好，而是因为我很软弱。我不够坚定，做不到始终如一，无法抗拒。如果她用充满绝望和恐惧的眼神看着我，我就会屈服，想尽量满足那眼神里的诉求。理智告诉我必须要拒绝她，因为它太具有破坏性了，但我心中还是会刮起内疚和羞愧的风暴。

　　不就是想做个好人吗？

　　不就是想善良友爱一些吗？

　　这么做对我也好不是吗？

但事情并没有那么简单。我的屈服等同于默认让焦虑主导这个家庭。这次假期旅行我整整计划了快一年。这是我想给孩子们的一种体验，让他们看看南美，看看巴西，看看里约热内卢，我希望他们永远不忘记这次旅行。

该死。

我把香烟摁在桌下的花盆里掐灭，喝了一口咖啡又点了一支烟，然后把腿伸开。空气中弥漫着新剪过的草地的味道，因为当天早些时候，我已经修完了半块草坪。割草机还搁在我之前随手一丢的地方，最里面那棵苹果树下。我对成年后买的东西，不像小时候那样有股强烈的控制欲，除了衣服和书籍，我不觉得有什么是属于我的，但我发现，我喜欢它立在那里的样子，眼前的颜色，喜欢一片有机绿色中的金属黄。

我起身走进花园，草地很是柔软，光着脚丫走在上面，会有些痒痒的。我走到除草机前，因为之前不久才用过，只需拉两下绳子，机器就启动了。

半个小时后，草坪修剪完了，我松开把手，让发动机熄火，然后推着割草机穿过矮矮的草地，走过石子路，推进房子的门廊里，那里堆满了园艺工具、水桶、脸盆、玩具、手提箱和房子里放不下的东西。我把割草机推到这堆乱七八糟的东西旁，关上门，走进客厅，孩子们正躺在角落的大沙发上，形态各异地看着电视。我觉得那张布满污渍的灰色沙发看起来像悬崖，孩子们则像狐猴一般挂在上面。他们的关节十分柔软，躺的姿势自由自在，比如你哥哥，他躺在沙发的靠背上，一只手垂在身旁；你的一个姐姐趴在上面，双手托着下巴，另一个姐姐选择侧卧，头朝着角落，一条腿搁在沙发靠背上。

"都好吗？"我说。

"挺好的。"你哥哥说。

"你们呢？"我对你的姐姐们说。

"好着呢。"她们应道。

"你们在看电视吗？"

"不，爸爸，我们看的是外面的世界，"你大姐说，"外面发生了好多令人兴奋的事情。"

"你这回答挺不错，"我说，"我要出去工作一下。需要的话就来找我。"

"妈妈在哪里？"

"她在楼上。"

"为什么我们不能找她帮忙呢？"

"可以啊。你们的选择是自由的。"

我走进我美其名曰"书房"的小屋子，写了几页给你的信，关于我们今天做了些什么，只字未提你母亲或她的病情。然后我回到房子里，打开浴室烘干机的门，拿出里面的衣服。机器里还残留着一点暖意，我把头埋进衣服里，温暖清香的衣服贴在我的皮肤上，有一种孩子般的舒适感。

我把这包衣服和其他衣服一起，扔在客厅另一头靠墙的床上，那儿曾是你妈妈工作的地方。这个房间呈 L 形，靠最里面面向花园的窗下，是她的书桌，是我们搬进来时在附近的古董店买的，桌子来自十八世纪中叶，是我最喜欢的家具。岁月使它变得粗糙和老旧，但仍然坚固耐用。时光流逝，我爱它每一丝岁月的痕迹。

整面墙都是书架，除了她的书，她还放了孩子们和我的照片，其中女作家的比例比我书架上的要高得多。在她常常待在楼上之后，这里的一切都变了，她迷恋上别的东西，买了其他类型的衣服和物品。我想她很难接受自己身上的这些变化，大概也觉得不好意思吧，因为她没过多久便把东西收起来，不再继续穿这些衣服了。

这些相异的侧面都是她个性的一部分，但并不是以她的自我为中心，而是她的自我的调整——比如我能感觉到，她很中意她所购买的和发现的一些东西，会让她忆起童年和祖母共度的美好时光——这些侧面偶尔会成为她的自我，支配她的性格。

她讨厌被支配，努力摆脱这种情绪。她经常说，这毁了她的生活。但主宰性格的另有其他。

当她不是她自己时，她又是谁？

我准备叠衣服了。先把所有衣物分成几堆，放在我面前的地板上。一堆是毛巾，一堆是床单，还有一堆是孩子和我们的衣服。花园的色调开始变得暗淡，光线从三扇窗户射进来。我想，脚下的草地一定开始变凉了，虽然草地上的空气依然温暖舒适。

那天晚上，孩子们入睡后不久，我准备上床休息的时候，你妈妈已经进入了梦乡。我在房间里站了几秒钟，端详她的模样。她随意地躺在床上，一条腿从羽绒被下伸出来，似乎想把羽绒被抱在怀里。此刻我想到了你，因为你就躺在她身体里，或者说那个即将成为你的小生命躺在她的身体里。三个月是一个门槛，我很清楚，因为在此之前，任何事情都有可能发生，你，或者将成为你的这个小生命，当时只有六七周那么大。

但我确信应该不会有事。

屋子里热得要命。我倾身打开床尾的窗户，晚风吹进来，房间出现了一条看不见的凉爽走廊。我脱掉衣服，躺在我的这一侧床边。

她睁开眼睛看向我。

"我们不能出远门，"她说，"听我说，不能去。"

"还有五天，"我说，"难道我们不能耐心等一下，等时间快到了再做决定吗？"

她闭了会儿眼睛，然后再次睁开对我说：

"我去不了。我去不了。"

我叹了口气，翻了个身，没有说晚安。

几天后，我们驱车前往于斯塔德。她约了一位精神科医生，我开车送她。然后我取消了去巴西的旅行，并告诉孩子们旅行泡汤了。你的小姐姐听到这则消息后委屈得哭了，因为她期待了很久。但事情也就这么过去了。夏天很美好，小家伙们天天都要去海边玩，所以对他们来说，没能去旅行也并不可惜。组织者又给我发了几封电子邮件，试图说服我，让我们全家一起过去，后来改口说，只有我一个人去也行。我只好回信告诉他们，家里有病人。其实无论以什么理由推辞，对他们而言都一样。我有些生闷气，不仅对他们生气，也对你妈妈生气，我生气的是，好事总是屈服于坏事。

这一天和往常一样，阳光仿佛淹没了大地。我们开车穿过桑德森林，那儿的大树枝叶茂密，树冠挤在一起，如同一条隧道。每到夏天，那里总是车水马龙。我们经过露营地，那里挤满了帐篷和露营车，我瞥了一眼另一边的道路，在停车场的上方，大海就像一道蓝色的光。但我并不享受眼前的景色，我只觉内心有些沉重，甚至充满绝望。穿着夏装的人们或者站在小卖部前，或者在去海滩的路上，或者坐在露天餐厅里，他们从我眼前经过，没有给我留下任何印象，我对一切都无动于衷。

你母亲住在斯德哥尔摩时一直在接受治疗，在搬到另一个城市定居后，她不得不终止治疗，这显然对她不利。在马尔默和于斯塔德，她都没有接受新的治疗。现在她预约的是一家便民诊所，我送她去开新的处方药。她曾多次请我帮忙寻找治疗师，说要制订新的治疗计划。但我对她说，这事必须她自己做。我究竟该如何解释呢？我和这个领域完全没有交集。为什么要我去安排呢？她和我一样是成年人，应该为自己的生命负责。

在马尔默的时候，她的病情有些严重。当时我打电话给一位心理学家，约好了时间，但这无济于事，他和她的现实实在距离太远。他本来想聊聊，问问她嫁给一位著名作家是什么感觉，以及在脱离日常生活的轨道后，我们的关系受到了何种影响。但这些问题显然超越她的表达能力，她好像变成了哑巴，非常紧张。她的面前仿佛有一片黑暗的海洋，要将她吞没其中，要回答谁在家里做了什么，是超越她能力范畴的问题。

现在的情况也差不多。时隔三年，我们又沉浸在同样的沉默中，行驶在去见另一位医生的路上。我把车停在一个类似工业区的大型沥青空地上，这儿有仓库和办公楼。在无情的烈日下，我们走到接待处所在的大楼。医生是一个戴眼镜的年轻人，看起来还不到三十岁，他坐在办公桌后面，而你母亲和我则坐在各自的椅子上正对着他。他向我们念着她的病历。几乎所有医生都是这样，在病人到达之前，仿佛医生对此一无所知，以至于每次看新的医生，总要回答相同的问题。医生向我们道歉，说这里的员工流动性太大了。他问了你母亲几个问题，可她几乎说不出话来。他说他看得出她非常抑郁，因此他不得不问，她是否有自杀的念头。良久，她才摇了摇头。"我们能否相信你，"他说，"相信你不会做傻事？"

"能。"她说。

我们开车去药房拿了药，然后再驱车去接孩子，他们和各自的朋友待在一块。到家后，你妈妈又躺回床上去了。

在那之前，我从未想过任何自杀的可能性。因此，当那名医生问到这一点时，我惊讶地看向他。其实到现在，我也相信她不会自杀，至少不会真的起这个念头。医生也只是例行公事，问问而已。碰到有抑郁症的人，他们必须得这么问。

何况她已经有了三个孩子，他们把她看成是生命的一切，现在肚子里还有一个。

我能察觉出她在挣扎，但我也相信，她一定会坚持下去，病情很快就能好转。

尽管如此，第二天早上，在出门之前，我还是下了车。我让孩子们坐在车里等我一会儿，准备去她躺着的卧室里查看一下。

"我们准备出发了。"我说。

她看着我。

"情况还好吗？"我问道。

她勉强地点了点头。

"你不会……那个，你知道的，你不会做什么蠢事的吧？"

她摇摇头。

"那，好好过这一天，"我说，"晚上见。"

我们要去往北一点的水上乐园，离图默利拉不远。每年夏天我们都会去。夏季刚开始时，孩子们就问什么时候去。那儿不仅有各种形状大小的游泳池和滑梯，还有一个附属的游乐场，买了入场门票后，可以无限次地进入各个游乐设施。

有一次我开车路过游乐场的招牌，把名字看错了，读成"灵魂的夏日归属地"。这纯粹是一厢情愿，因为它实际上是"斯科讷的夏日归属地"[1]。但，灵魂的夏日归属地！再也找不到比这更吸引人的名字了，我一边开车一边想着。你的大姐姐坐在我旁边的副驾驶座上，另外两个坐在后排。我们路过建于十三世纪的托斯特鲁普城堡，距离我们住的地方两公里远，一座黄色的砖砌建筑，虽然不是特别高，但厚厚的外墙、塔楼、护城河，以及四周环绕的公园，都跟这个农业国家显得格格不入。

这座城堡是该地区我最喜欢的地方之一，首先因为它可以追溯到但丁时代，第谷·布拉赫在那里度过了童年的夏天，当时斯科讷属于丹麦人，他的叔叔是城堡的领主，其次因为它所证明的社会结构——被森林和耕地环绕的城堡——如此

1　灵魂的挪威语是 Sjelen，斯科讷（Skåne）为瑞典最南部的一个省。

古老而具体：这座弧形墙体好几米厚的小城堡，被护城河保护着，那里是所有讯息的集合地，也是所有命令的始发地。它目前仍然是私有性质，里头住着一户人家。这座城堡让我想起了蒙田笔下的法国，那里慵懒缱绻的乡村生活，还有我特别爱的两本书，卡尔维诺的历史奇幻小说《树上的男爵》和《分成两半的子爵》。

事实上，能在居住地步行范围内见到这样的建筑，让我很高兴，尽管绝大多数情况下，我只在有客人来访时才会去那里。每天，当我驾车往返于斯塔德时，我都能从远处眺望到它。一堵黄色的墙立于树木之间，红色的屋顶几乎和树冠同高，在夕阳下闪闪发光。

今天早上我们驱车呼啸而过，越过一直延伸到远处森林边缘的玉米地，穿过一个小村庄，跨过火车轨道，然后下到一条分不清是小河还是大溪流的地方，那里溢满阳光，植被郁郁葱葱，茂盛鲜艳，和玉米田干涸的金黄色和米黄色的尘灰比起来像是人造的一样。经过一些巨大的、几乎像厂房一样的谷仓之后——或许它们实际上就是厂房？——我们上到一片高原，这段平坦的地势让人联想到高山，接着我们驶上了大路。

你的哥哥姐姐很兴奋，他们有说有笑，谈论着抵达后要做的第一件事。车里一直放着音乐，我在音乐声里听着他们谈笑风生。

我们要去拜访一个家庭，他们的女儿是你大姐姐在马尔默上幼儿园时最好的朋友，尽管现在已经十一岁了，但她们依然是好朋友，她和她的父母、妹妹一起，要在于斯塔德的郊外住一个星期，他们家在桑德森林地区有一间度假小屋。那位父亲是我所认识的最冷静、最会平衡工作与生活的人。他修过哲学，曾经写了一篇关于维特根斯坦和佛教的论文，后来出版成专著。至于他现在的工作，与哲学完全不相干，他开了一家咨询公司。她的妈妈来自丹麦，是马尔默一家临终关怀医院的护士。她很文静，有点害羞。他们俩是我迄今为止遇到过的为数不多的模范夫妻，似乎一切都很平静、安详，看着就会白头偕老的那种。其实，对现代的人而言，眼见不一定为实。就拿一对夫妻来说，要做到表面上一团和气那太容易了。光我自己就认识好几对看似完美的夫妻，都已经分开了。可是，有一件事是无法假装的，那就是彼此的默契和互相信任。

我希望有一天你能亲眼见见他们。他们不算是爸爸的密友，毕竟我不擅长和人交谈，所以很难有关系紧密的朋友。事实上我倾向把所有的时间都花在自己身上，认识我的人大多也会发现这一点。所以，坦率地说，没有人能走到我的内心深处。如果有人尝试这么做，那我会选择离开。这就是你父亲，一个有点惧怕亲密关系的人。并不是我想要成为这样，而是我已经成为这样。何况对着键盘和屏幕生活，要更轻松一些。

所以也许这就是我向往的生活吧。我明白，这不是一个好的人生态度，也不是任何值得学习的优良品质，但却已经成为我生活的一部分。我想，也许这就是我写下这些文字的原因。如果你读到这篇文章，那就算是我对你的一份道歉。因为我希望，在阅读这些文字的时候，你能对我略增好感。希望你能想起我们的好，能在回忆这个夏天时，知道我们度过了一段艰难的时光。

这些年来我意志更加坚定，也越来越觉得很多事别无选择，你只能根据当时的身份，来处理出现的各类状况，而你的身份又由你所处的情况以及这个情况在整个生命中的位置来决定。这不是为错误、不良嗜好或恶性行为找借口，我的经验是，人们总在某种程度上受困于自身，我们都是以特定的方式看待现实，并据此采取行动，没有办法跳出自己的框架，看到现实只是许多可能的现实之一，我们完全可以采取不同的行动，并且同样有理有据。

这就是为什么我会写到，自欺欺人是最人性化的特质。自欺欺人不是撒谎，而是一种生存机制。你也会自欺欺人，只是程度不同而已，而我唯一能给你的建议是，你必须努力记住，其他人可以以完全不同的方式看待和体验你遇到的事情，也和你一样有权坚持自己的观点。

但要接受这一点很难，甚至也许是所有事情里最困难的。与此同时，做真实的自己同样重要，坚持自己的立场，坚守自己的想法，而不是盲从他人。我们很容易进入现实的某个侧面，然后由那一面来主导生活，即使在某些方面，它与你真正的感受、体验和想法是矛盾的。如果真是这样，你该怎么办？最简单的方法就是纠正你的感受、体验和想法，因为要解读现实的某一面，要比解读现实本身更容易，也更令人愉快。因此，我们会再次陷入自欺欺人的境地，陷入最人性化的一面。

轻松的生活并不值得向往，简单永远不是完美的解决方案，只有困难的生活才是一段完整的生活——也许这也不过是自欺欺人。

其实我也不知道我说的是否正确，但我笃信生活就是如此。

但面对你和你的兄弟姐妹，我反倒希望你们过一种简单、轻松、长寿和幸福的生活。

驾车二十分钟后，最后这段路我以一百公里的时速沿着笔直多山的主干道上了菲乐山谷。我打开车窗，让空气流入车内，然后向左转，沿着长长的山坡下去，来到一条碎石路上，这里有开阔的田野，周围停满了汽车。我在栅栏旁的草地上找到了一个停车位，车子正巧停在一棵大落叶树的树荫下，在炎热的天气里堪称完美。

我打开车门，踩到草地上，然后开门让孩子们出来，抓上一袋毛巾和沐浴用品后，我锁上车，点上一根烟，跟着你的哥哥姐姐往前走，他们已经远远领先于我，朝着位于广场尽头一座小山丘上的入口前进。到入口之后，我们每个人都拿了一条腕带，然后继续向上攀登。炎炎烈日下，我们经过一个巨大的游乐场，上面有绳索、绳梯、塔楼和隧道，但一个孩子也没见着，这种供孩子蹦蹦跳跳的塑料床垫一定很烫。

从那里我们向下俯瞰着山谷，那里有最长的水滑道，挂在我们头顶上方，大概有一百五十米长，可以垫一个薄垫子，然后顺着滑下去，速度很快，所以不能让孩子单独滑，也就是说必须要我陪同。我已经很久没有体验过跳下悬崖的刺激了，即使是在这样可控和安全的情况下。

水上乐园比较老旧，没有高科技，一切都靠手动和重力，这种 1970 年代的味道是我喜欢它的原因。此外乐园有足够的空间，所有的滑梯和水池都分布在一个很大的区域里，中间有一个购物区，那儿有售货亭和咖啡馆，游乐场各个设施之间是类似公园一般的空旷区域。

我们在一个小水池前的草坪上找到了我们的朋友，我们一起坐了几分钟，等着孩子们在身后的更衣室里换上泳装。他们问起你母亲的情况，我说，她身体状况良好，就是情绪有点低落。出于某种原因，我很想告知他们她怀孕的事，但我当然没有这么做，我们聊了聊马尔默的生活，也聊了聊他们小女儿的事。她很快就要去她姐姐上过的那所幼儿园了，幼儿园要求父母合作带孩子，这意味着父母的角色相当重要，换言之，每个人都必须承担一项任务，有时要花费很多时间，此外每个人都要轮流打扫卫生，每半年就要去幼儿园服务一个星期。我直言从不怀念幼儿园的岁月，他们笑着说，这阶段的亲子时光同样也不是他们最期待的。

"但这样做也有好处，"我说，"孩子们可以认识所有的家长。"

"你现在也在要求父母合作育儿的那种幼儿园，对吧？"他说。

"我们刚刚结束。他八月份开始上学。"

"哦，是的，是的。时间真快！"

"是的，一眨眼就过去了。"

我低头看着他们的小女儿，她坐在她妈妈的腿上抬头端详着我们，在与我对视后，她低下了头。

"你还能陪她一段时间。"我笑着说。

说话的工夫，女孩们跑了过来。她们想让我们加入，我在腰上裹了一条毛巾，先脱下短裤，然后穿上泳裤。换泳衣的时候，我一直在留意他们，孩子们沿着另一个滑梯跑到长满草的山丘上，然后从那里滑进巨大的黄色汽车轮胎环中。我有一点犹豫，并不是因为这个设施有多危险，而是因为这里的水太冷了。

　　我们在水池和滑梯上玩了一个上午，午餐后转战游乐园，在那里度过了剩下的时间。我和你哥哥合开一辆碰碰车，姐姐们一人一辆。我陪她们一起坐过山车。下一个项目是旋转茶杯。当茶杯开始飞速转圈时，我冲他们微笑，他们也笑了，茶杯突然像安装了新齿轮，比我预期的速度要快得多。不知何种原因，我竟开始大笑，往常的我，一定会想办法抑制和平衡情绪，但那种想要放声大笑的冲动根本无法控制，喜悦之情一浪接一浪。当我们在这个简陋的游乐场，在这些花哨的茶杯里旋转时，我笑个不停，我同时还注意到，孩子们先是惊讶地看了我一会儿，紧接着也和我一同大笑起来。

　　"爸爸，你怎么笑成那样嘛。"结束后你的小姐姐对我说。

　　"是啊，我笑了，"我说，"这也太好玩了！"

"你老那样笑，"她一边说一边模仿我，"嘿嘿嘿那种笑。但今天你是真的笑了。"

"我当然是真笑了，"我说，"你觉得好玩吗？"

她认真地点了点头，抬头望向我。

"要再坐一次吗？"

傍晚我们开车回家时，孩子们困倦地靠在座位上，车里静悄悄的。我有好几个小时没去想你妈妈的事了；当我坐进温热的车里，那种熟悉感才让我猛然意识到，此时此刻她独自一人待在家里，躺在闷热的卧室床上，屋里充满黑暗和绝望的气息。

我飞快地开了三十公里，穿过一片对我来说有些昏昏欲睡的风景，周围一片寂静，落日洒下的余晖还是温热的，天空已经准备好迎接微风送来的凉爽，以及星光灿烂的黑夜。

"有人在吗？"我一进门厅就喊道，"我们到家了！"

没人应答，我只好上楼去卧室。她用手肘撑着，半起身。

"几点了？"她说。

这句话让我突然感觉到，某种东西从她身上消失了，她的眼神里透着一股力量，尽管仍然暗淡无光。

"刚过六点，"我说，"你吃东西了吗？"

她点点头。

"我们午饭吃得很晚，后来给他们弄了点冰淇淋。要不我们晚饭就不吃了？"

她又点点头。

我来到楼下，发现厨房已经被她打扫过了，架子上放着洗好的碗碟和餐具。

第二天一早，她下楼吃过早饭，又回楼上睡觉。我驾车送你姐姐去住在桑德森林的朋友那里，接着送另一个姐姐去拜访附近的一个朋友，而你哥哥则和他最好的朋友待在一起，所以整个下午房子里没什么人。你妈妈下楼来，在门厅的长凳上坐下。屋子里所有的能量仿佛都被吸入了她的身体和一双漆黑的眼睛里。她说，她不能继续这样了，这种生活没法继续过下去。我穿着短裤和衬衫站在地板上，身后的门半开着，室外的空气被融融的暖阳笼罩着，一切事物仿佛都静止了。她身穿睡衣坐在长凳上，低头向下望着。

"我同意，"我说，"那你打算怎么做？"

"我不知道。"

空气陷入了安静。过了一会儿，她说：

"你必须帮帮我。"

"什么？"

"我必须有一个固定的治疗方案，按病程拿药。另外还要一名治疗师。"

"听起来不错，"我说，"你有没有想过请哪个治疗师呢？"

她缓缓地摇着头，然后抬头看向我。

"你必须帮帮我。"

"这可能也是问题的一部分。"我说。

"什么意思？"

"我无法真正帮到你。你必须自己摆脱一些东西，你要自救。我可以支持你，我可以在这里陪着你，但我帮不了你。这事你只能自己做。你必须独自走完康复前的最后一段路。所谓治疗也就是这么回事。"

"你是什么意思呢？"

"你的病因是你对自己不够负责。情绪低落，是因为不对自己负责，情绪高涨，也是如此。"

"但这种事由不得我。难道你觉得我想生病吗？你以为这是我想要的吗？"

"不是。我只是觉得你不够努力。所以情绪失控的时候，你只是听之任之。如果你要把一切留给身边的人来做，那你的状态永远不会好起来。只有靠自己，才能摆脱负面情绪。这件事没有人可以帮你，必须自己克服。因为这本身就是治疗的核心。我可以在这里陪你，也可以支持你，但我不能替你走完最后的这段路。这你明白吗？"

她起身，上楼进到卧室。

我叹了口气，走到花园里。我大声和她说话，反对她的想法，说一些她不想听的话，说她必须自己面对。她想听的是我为她感到难过，她想得到关心、怜悯、帮助，她想听的是，这是外界的东西在折磨她。我想，只要她持续地得到这样的回应，病魔就会得到滋养，就会一直持续下去。如果这一切和她无关，事情会简单得多，因为这样的话她只需要被同情，只需要接受别人比如父母的照顾就好。

如果病情与她自己有关，她就需要自己面对。只有这样，她才能摆脱困境。

这就是我的想法。

我感觉糟透了，但我忍住了对自己说过的那些伤人的话进行辩解的冲动，也忍住了照顾她的冲动。我把孩子们接回来，做了炸肉丸和意大利面当晚饭，洗了碗，然后坐在花园里看书。在我准备上床睡觉时，她还醒着。我坐了一会儿，在电脑上看了会儿报纸。她爬起来，经过熟睡的孩子们身旁，下了楼。我听到她在楼下翻找了一会儿，打算入睡。我合上笔记本电脑，放在床边的地板上，关上灯，躺在昏暗的房间里闭目养神。她回来了，在我身边躺了下来。

孩子们起得很早，我和他们一同起床。屋外的草地上有露水，树木在朝阳的照耀下一动不动。我为他们准备了最简单的早餐，一包玉米片，一盒牛奶，每人一个深口盘，配一把勺子。准备完早餐，我坐到花园里喝杯咖啡，在阳光的照耀下屋外已经挺暖和了，昆虫在花丛中嗡嗡作响。我的哥哥，也就是你的伯伯，今天和他的儿子，也就是你的堂兄一起来家里做客。他们住在挪威西部，已经在奥斯陆过了一夜，从那儿到我们家有很长的车程，所以他们要到下午晚些时候才抵达这里。前一天我们没有做任何出行计划，但开车去一趟尼布鲁海滩或室外游泳池恐怕是必需的。有时很难说服你的大姐姐跟我们一起，虽然她最喜欢的事情莫过于泡在水里，和弟弟妹妹也从来没起过任何冲突，一直都很融洽，但她不喜欢出门，也不喜欢生活有任何变化，如果她反抗或是拒绝，可能要花整整一个小时才能把她弄上车。但只要我们成功抵达目的地，待在水里，一切都会很美好。我总是趁机对她说："记住现在的时光多么美好！记住你有多么喜欢这里！""当然了，爸爸。"她答道。第二天同样的事情可能再次发生。但也说不定，有时候一切都很顺，她没有任何抵触情绪，唯有快乐。

过去在这种日子我会在早上工作，吃过午餐后带孩子出去游泳，晚上和他们聚在一起烧烤。你妈妈卧床养病的时候，我没法工作，否则你的哥哥姐姐们就无人照顾了。我在思考，对客人来说，烧烤的工序可能有点太烦琐了。不如用虾做道菜更好？这样只需要把它们放在碗里摆上桌，而且节日气氛同样浓烈。

我要准备大虾、新鲜的长棍面包、蛋黄酱、白葡萄酒，还有啤酒，白葡萄酒不是我的菜。

我们可以开车去科瑟贝里亚的鱼店，那里通常会有新鲜的大虾，或者到于斯塔德市场的鱼车上买。即便碰巧他们没有虾，政府所属的酒类专营商店也在那里，所以无论如何我都要去逛逛。然后我可以到奥洛夫·维克多的面包店买些长棍，那可是村外平原上水准一流的面包店。

虽然天气炎热，还要开一会儿车，但如果孩子们在上车前游过泳了，他们的心情就会很自在，就算车里再热也不会抗议。

哥哥来做客让我有些欣喜，我想，等孩子们睡了以后，我和他可以坐在花园里，喝喝啤酒聊聊天。

手足间的纽带是一辈子的，这份恩惠专属于兄弟姐妹之间，任何事物都无法将其割断。我希望你和你的哥哥姐姐也能体会到这种割不断的情感。或许这也是我们想多生几个孩子的原因之一，这样你们就永远有彼此相伴。

当我坐在那里时，有只猫出现在屋顶上，它从水管里探出头来俯视着我。这是一只西伯利亚森林猫，和它的挪威亲戚一样，可以头朝下从树上爬下来。它现在就在展示这项本领。我坐的地方旁边长着一棵小树，大约有两米高，细细的树枝在这只毛茸茸的动物的重压下摇摆不定。一到地面，它便溜进敞开的门里，想去厨房探个究竟。

我跟着它溜进去。它站在低矮的黑色柴炉上，一看到我就喵喵叫。我打开一个新罐头，几乎还没来得及把食物放进碗里，猫一闻到味道，立马迫不及待地往我手边挤。

孩子们坐在客厅里看电视。他们拉下百叶窗，屋子里黑得像个山洞。他们并没有真正获得看电视的许可，但今年夏天有些无聊。我斟酌了一下，琢磨是否应该把电视关了，但我可以想象，这么做一定会激起他们的抗议，再者他们本来也无事可做，这样一来就会要求我加入他们的活动。

这我可接受不了。

我们几乎一整天都在游泳了。

孩子们也应该体验到足够的阳光、空气和运动了吧？

但百叶窗，该死的百叶窗，我真想把它们翻起来！至少房间能不显得完全封闭一般。

我把百叶窗往上拉，虽然孩子们在抗议，但我选择无视。

"看一小时电视，"我说，"这样可以吗？"

"行。"他们说。我很好奇他们会不会知道我心里琢磨的事情，一个小时后，当我关闭电视机时，他们会发出强烈抗议，不管现在表现得多么同意。

我走进浴室，将烘干机里的衣物全部拿出来，把衣服搬到书房的床上，然后把洗衣机里的湿衣服放进烘干机，打开电源，把放在窗户下的两个脏衣篮里最上面的衣服塞进洗衣机，倒上洗衣粉，选好程序，启动。

我记得我们买洗衣篮时，我想要塑料的。这是因为我儿时的洗衣篮是塑料的，网状的蓝色塑料。我把它想象成角落里的一个小家伙，心甘情愿地打开它的顶盖，塞满可爱的脏衣服。因此，对我来说，只有塑料做的才是洗衣篮。你可以想象吗？我已经四十多岁了，但脑子里的想法仍旧被儿时的习惯支配。你妈妈设法说服我新式的脏衣篮更好，或者说用料更好，她心里在嫌弃塑料很工业而且很丑——虽然她没有明说，因为如果她用丑这个词，那我会陷入尴尬的境地——不过看着我面前这两个篮子上的编织纹理，还有嵌在篮子里的米色布袋时，我倒觉得挺满意。只是我多少还保留了一些其他想法，一些自小就有的想法，一些连我自己都没意识到但却非常奇特的偏好。

我走进你妈妈的书房，在那里整理衣服，直到累了才回到厨房。

现在才七点半。

当我可以沉下心写作时，早晨的时间总是过得飞快，它轻轻地消失了，仿佛我从来就没触及过这段时间。但在这间书房，我感受到了时间的重量。

我沿着楼梯往上走了几步，这样就能从楼梯的边缘看到尽头的卧室。

你妈妈仍然一动不动地躺着，她还在睡。

我不忍叫醒她，不想叫她起床陪我，也不要求她和我同步。如果我一个人搞定一切，我就可以对她说：瞧我，瞧瞧我都忙了一天了，你却无所事事。

一吐为快叫人身心舒畅。愤怒本身并没有什么特别之处，但和胜利的姿态混合在一起，那愤怒就会让人舒服。

如果我和孩子们坐在一起看电视，胜利是微不足道的。

但如果我做了一些必须通过努力才能达成的事情，并且成效显著的话，那胜利的感觉就会膨胀数倍。

我现在需要做的是打扫二楼的卫生。整个二楼看起来非常混乱，所有的玩具和书籍都散落一地，只在中间留了一条小道给人通行。但如果我在那里搞卫生，她肯定会被吵醒。只要她想睡觉，那我还是尽量避免噪音工作。

所以我将厨房作为第一站。尽管每天洗碗，吧台也被收拾得井井有条，但它还是不可避免地慢慢变脏，因为房子其他地方的东西都会堆在那里，这儿似乎是一个独立的空间，更不用说垃圾桶所在的橱柜、放餐具的抽屉、微波炉、烤箱还有冰箱里的情况了。

这是一项大工程，清理的规模会越来越大，因为如果你先洗净一个橱柜，其他橱柜的脏乱就会更加醒目。我穿着轻便的衣服，牛仔长裤剪出的短裤和宽松的衬衫，但即便如此，没干多久我就浑身发热，额头上的汗珠闪闪发亮，衬衫也紧贴在后背上。原本心中的最大的恼怒突然消失了，确切地说，因为即使我不喜欢这项工作，但它仍然能让我有满足感，我先前只想着必须完成这项打扫的工作，而现在我真的完成了。

我把冰箱里所有的食物都拿出来，过期的扔进垃圾桶，然后把架子拿到水槽里冲干净，擦拭冰箱的内壁，再把架子放回去，最后把食物放回原位。接着我开始清洗橱柜，也是同样的程序，先扔掉所有不再使用的调料包，以及没法食用或放置了好几年的食物，架板抹干净后将食物物归原位。碗柜也是如此，先清洗柜门，取出盘子、玻璃杯和杯子后，再擦净架子。

九点半到了，孩子们主动关掉电视机，走出客厅时顺便和我打了声招呼。他们现在转战花园，两位姐姐开始打起了羽毛球，你哥哥则坐在一旁的草地上观看。过了一会儿，当我把灰色的脏水倒进水槽里，再重新装满干净清澈的热水时，他们离开球网跑了进来，问我泳衣在哪里。我帮他们找到泳衣泳裤后，他们又跑了出去。

不久之后，敲门声响起。

我把抹布挂在水桶边上，直起身子，擦了擦额头的汗，走到门廊上。

原来是孩子们的一位朋友和她的母亲，她们站在门口，身后是炽烈的阳光。

女孩拉着她妈妈的手，看着水池。你的哥哥姐姐则站在水池旁，一边用毛巾擦干身体，一边时不时回过头看她们俩。

母亲问我，能否把女儿送来和我家孩子一起玩。

我说可以，当然可以，正合适呢。

"妈妈，我可以游泳吗？"她说。

"那就一起游泳吧。"我说。

她跑到其他孩子的身边，母亲迈了一步，走进门廊里。她问起你妈妈的情况。我顺手指了指二楼。

"她还在睡觉，"我说，"我这会儿在打扫厨房。"

"请转达我的问候。下午我再来接她行吗？"

我点点头。

"那我们到时候见！有事情打我电话。"

她转过身准备离开。

"有件事，那个，"我说，"我们考虑去游泳，她要一起吗？"

"当然可以，"她说，"今天天气好极了。"

"是啊。"我说。

她走后，我又继续在厨房忙了一会儿。就快十点半了，我想着还是先上楼叫醒你妈妈。在生病的情况下，她竟然能睡这么久，总觉着不太对劲。和另一位家长在门廊里的短暂交谈，让我充分意识到我在外人眼中的形象。这位家长的出现把我拉入了现实，平心而论，我做得不大合格。

我在床前停下脚步，叫了声她的名字。

可她没有动静。

我前倾着身子，轻轻摇了摇她。

"不早了，"我说，"是时候起床了？"

仍旧没有反应。

她平时服用强力安眠药，有时根本叫不醒。我猜这回她可能多服了一颗，毕竟也睡太长时间了。

我回到楼下，坐在走廊的长凳上，这时孩子们突然冲进来站在我面前。

"我们可以去浴缸里洗澡吗？"他们说道，"在外面快冻僵了！"

"你们冷吗？"我说，"外面不是挺暖和的？"

"但是爸爸，水很冷呀。"

他们说的其实没错，前天我给泳池换了水。我起身走进浴室，把浴缸冲洗干净后，塞上软塞开始蓄水。我一走出浴室，三个女孩就脱下衣服，一个接一个钻进浴缸里。透过窗户，我看到了你哥哥，他正拖着带洒水器的软管穿过花园往前走。

我一定要叫醒她才行。

回到楼上，我更担心了，应该不会出什么问题吧。

我再次喊她的名字，这次喊得更响了，接着我又来回摇她的肩膀，比之前更用力，她的脑袋几乎不会转动。

我继续摇晃她的身体。

什么反应也没有。

我害怕了。她不会一口气吞了很多安眠药吧？

或许她只是睡得很沉，没有任何生命危险。

我走下楼梯，坐在草坪上。

你哥哥正走在通向夏季别墅的走廊里，那儿有水龙头用以连接水管。

"怎么了？"他问。

"没事，"我说，"你要给花园浇水吗？"

"对的。"他说。

"挺好。"我回答道。

我起身走进书房，拿出手机。要不要喊辆救护车？

不，我不能。我不能用这么小的事情麻烦他们。

她只不过是睡得很沉罢了。

尽管想说服自己，但我却愈发觉得害怕，双手抖得厉害，人都快站不起来。

我决定再试一次。

"妈妈在哪里？"看见我进屋，你哥哥突然问道。他打开水龙头又拧上，洒水器的水起起伏伏。

"她睡得很沉。"我说。

为什么我要说睡得很沉？为什么不说她在睡觉就好？

我该怎么办。

啊，我该怎么办，该怎么办才好。

我走上楼梯，穿过凌乱的房间，站在卧室的床前。

房间热得和烤箱一样。

她一动不动地躺着。

我弯下腰，抓住她的肩膀，用力摇晃。

她还是毫无反应。

这时，你哥哥正好也从楼梯上来。

"怎么了？"他问。

"没什么，"我说，"妈妈睡得很沉。"

"你叫不醒她吗？"

"嗯，"我边说边走向他，"她平时都吃安眠药的，你知道。吃这种药，人会睡得很沉。来，我们下楼去。"

上帝啊，帮帮我吧。

神啊，帮帮我吧。

我需要你的帮助，上帝。

你哥哥出去了，姑娘们在浴室里玩得不亦乐乎。我又掏出了电话。就算最后只是虚惊一场，他们也一定会理解我的心情。

我拨下了112救护电话。马上就接通了。我一边朝花园走，一边在电话里报着名字，担心你哥哥听见我在说什么。

"是我妻子，我没法叫醒她。我估计，她可能服了太多安眠药。我有点不知所措了。"

"好的。她有呼吸吗？"

"有的。"

"你现在的地址？"

我报了一遍地址。

"我们立即派救护车过来，十分钟后到。"

我的宝贝，直到那时我才意识到问题的严重性。

直到救护车已经在路上。

我给孩子朋友的母亲打了通电话，解释了一下家里的情况。

"你能把孩子们都接走吗？我不希望救护车来的时候，他们也在场。"

"我们马上就来。"她回答说。

我挂上电话，冲进浴室里。

"都穿好衣服，"我说，"以最快的速度。"

"为什么？"

我只能对她们说，我要带妈妈去医院检查，虽然没什么危险，但家里没人，得送她们去朋友家玩。

她们跳出浴缸，开始穿衣服。我走出大门，绕到房子旁边。邻居的车飞快地冲了过来，速度绝对超过了一百码。一个急刹车后，孩子的父亲下车向我跑来。

"她在哪儿？"他问，"我会急救措施。"

"她还有呼吸，"我说，"救护车就快到了。你得在救护车赶到以前带走孩子们。"

他跟着我绕过房子。孩子们穿好衣服走了出来，他把小家伙们赶到自己身前，让孩子们一一上车。我刚听见商店附近传来的警笛声，他们就驾车离开了。

这番经历如同地狱。事情其实挺简单，来了一辆车，载着孩子们离开后，又来了一辆救护车。但细细想来，这一幕幕都十分紧迫。除了生死，其他一切都被抹去了，就像被一道燃烧的白光抹去了所有的色彩。

两名男子走下救护车，他们看起来很平静。其中一个询问我具体的情况，另一位则拿出一个箱子。我一边回答，一边把他们领进屋子。我们上了楼，穿过各种杂物，走进火烤般的卧室里。

她像之前一样躺着，仿佛什么都没有发生。

我开始哭泣。

"这里热得像桑拿房似的。"其中一位一边说一边摇头。

另一位则开始检查她的情况。

"她怀孕了。"我说。

"你知道她在服用什么药物吗？"检查的那位问道。

"不知道。"我说。

"她平时都把药放在哪里？浴室？"

"是的。"

"你能帮我们拿过来吗？"

我下楼走到洗手间，从柜子里拿出药盒，盒子全都是打开着的，药盒是打开的，还有一些药盒躺在水槽的角落里。我把所有东西都装进一个袋子里。

楼上的卧室里传来他们大声叫她名字的声音。

她有反应了。

她的声音非常含混，但至少有反应。

其中一位从楼梯上走下来，他要去拿担架。

他告诉我没什么大碍。我顺手把药袋递给他。

我站在屋子里，听着他们忙里忙外的声音，眼泪顺着我的脸颊滚落下来。原本稳定的情绪突然被摧毁，一时间有些恍惚，感觉什么都抓不住。

他们把你母亲绑在担架上，然后一起抬下楼。她仍然昏迷不醒。他们沉重的靴子，狭窄的楼梯，你母亲的身形看起来那么高大，就像梦中的事物，一切都不成比例。

救护车载着我们去往医院，眼前的一切仿佛都与我毫无关系。之前所发生过的事情也和我无关，像一帧一帧的画面，没有任何关联。我深吸了几口气，试图把思绪拉回现实，慢慢梳理当下的情况。但与此同时，我身体里有一种逃离的冲动，我渴望把一切推开，希望它们毫无重量地流过我的身体。

驶入主干道后，我身旁的司机打开了救护车的蓝灯。"不是真的那么必要，"他说，"但万一路上遇到交通堵塞，还是打开好了。"

救护车绕过前面的汽车，划出一道道柔和的长弧线。大多数车都主动让到一边。开阔的海面映入眼帘，当我们驶入林荫道后，它又消失了。

过去我总让她一个人待着。

所以我根本没注意她吃了多少药片。

她躺在热得像桑拿房一样的卧室。

水面上金光闪闪，阳光在树叶间嬉戏，也把沥青路面照得锃亮。我们到了市中心外的居民区。当救护车驶过时，街边的人们会注视我们。如果我是他们，应该也会这么做。

我总让她一个人待着。

热得像桑拿房一样的卧室。

我们驱车上山前往医院，医院的后门开着，救护车就从那里进入院区。救护车停进车库后，你妈妈被医务人员抬了进去，一群医生和护士正在那里等候。

救护车的工作人员给他们做了简短的情况介绍，告诉他们发生了什么事，她之前做了什么，还有怀孕的事情，说完他们便出去了。

我靠墙站着，泪流满面。

"你是她丈夫吗？"一位护士问道。

我点了点头。

"你可以坐在那里。"她一边说，一边朝角落里的椅子点点头。

"我不知道她吃了什么，"我的声音很微弱，"她整个上午都独自躺在床上。"

"这不是你的错，"她说，"你不要责怪自己。"

但我就是这么想的。我把她一个人留在房间里躺着，那儿热得像桑拿房一样，我甚至都没注意到她服药了。

但我什么也没说，因为这位护士的话安慰了我，虽然那不是真的。

你妈妈在手术台上是醒着的，但有些恍惚，她似乎不了解情况，只是接受了被医生护士围绕的局面。过了一会儿，他们离开了房间，只剩一名护士在里面。我已经意识到她不会有生命危险，不然她应该已经死去了。但我不知道你的情况如何。

几个小时后，我下了车，走进了家里的花园。你的哥哥姐姐，还有他们的朋友以及朋友的母亲，都在花园里。其中两人在大热天里打羽毛球，另外两个坐在阴凉处看球。他们完全沉浸在羽毛球的世界中，有说有笑，全神贯注地看着球场上挥舞的球拍。我告诉朋友的妈妈，我这里一切顺利，你母亲已经脱离危险了。说这话时，我低下了头，为让她女儿看到这些而感到羞愧。当我抬头对上她的目光时，我发现她并没有在意这件事情。我几乎又想开始哭，但最后忍住了，千万不能让孩子们看到我这副样子。她说他们玩得很好，她和她丈夫陪他们一起玩了会儿，后来想不如到这儿来运动运动。他们已经吃过东西了，现在玩得可开心呢。

在花园里又待了一会儿，她便带着女儿回家了。我告诉你的哥哥姐姐，他们的妈妈将在医院住一段时间，但没有大碍，一切都好。因为之前也出现过住院的情况，所以他们并没有很担心。何况他们也没有见到救护车和担架，没有目睹任何戏剧性的事件，所以只要我语气平静，那他们也能平静。我哥哥和侄子下午到了，他手里拿着一小堆行李箱和袋子，和我站在门前寒暄了几句。我之前在电话里把你妈妈的情况和他做了简要说明，他到达后我又详细解释了一下。你堂哥和伯伯也来到草坪上，和你哥哥姐姐一起打起了羽毛球。我不明白他们为什么能做到这么坦然，因为我只能看到光明中的黑暗，只能窥见阳光普照下的幽深花园，以及阴影和花园中的幽灵，但与此同时，我心里也非常清楚，白光下的暗影是真实的。为了孩子们，一切都必须尽可能像往常一样。

我在厨房窗下的椅子上坐下，点了一支烟，看着他们用红色的拍子在网前来回击打着白色羽毛球，每个球都仿佛失重地悬在广阔的深蓝色天空中。花园里投下墨绿色的影子。太阳挂在夏季别墅的屋顶上，燃烧得无声无息。

我们坐在屋子外面的白色餐桌旁吃晚饭，苹果树叶投下斑驳的影子，不时在黄昏的微风中颤动，孩子们的眼睛在阳光下眯着。吃完饭我直接开车去了医院。我把车停在入口外的地方，温暖的柏油路、深蓝色的天空、长长的影子和低垂的太阳让我想起了儿时的夏日傍晚。一天就要结束的时候，因为天气实在温暖，我们傍晚去悬崖边的海中游泳，最靠近岩石的水面是深蓝色的，更远的地方则是明亮的蓝色，阳光在海面上跳跃，投下宽阔的条纹。

清凉的深海就在那里等待着我们。

我乘电梯进了医院大楼，沿着走廊向前走，然后打开病房的门走了进去。有位护士在走廊入口处转身看向我，我说我要找你妈妈。

她孤零零地躺在病房里，白色的房间，装满了落日的余晖。盖在她身上的被子也是白色的，身上穿的病号服也是白色的。

她面色苍白，疲惫不堪。我进去的时候她把头枕在枕头上，正对着我。

"噢，卡尔·奥韦。"我在她身旁坐下，她的声音很低，几乎像是耳语。

"对不起。你必须原谅我。"

她哭了。

我也哭了。

"我不知道自己在做什么。"她说。

"我懂，"我边说边握住了她的手，"千万别去想这件事了。这不是你的错。现在没事了，一切都很好，没事了已经。你听我的，没事了。"

在春天的某些日子里，这里的风景似乎向四面八方舒展开，在绿意完全绽放前的几周，树木和地面仍然光秃秃的，就像冬天一样，但周围却充满了夏日的光芒，光线没有遇到任何障碍，不受谷物、草、树梢或任何其他生物的束缚，它们一到这里，就会在自己周围创造出小空间，成为一处风景。每年入春的那几天，这里的风景仿佛无处可去，天空下的空气体积巨大，光线穿透它洒落下来。

四月的那一天就是如此，我们从两个小村庄出发，沿着公路行驶，道路两侧都是农场，直面大海，海面黑得连阳光都反射不出来，就像一条深蓝色的丝带，躺在浅蓝色的天空下。

我在一个刁钻的岔路口前刹车，打了右转灯，身体前倾着，想看看是否有车过来，然后开上沿海公路，这条路沿着靶场一直延伸到卡布萨，在那里与通往于斯塔德的主干道汇合。

山上的空气有些朦胧，春夏两季经常如此。

我把音乐的声音调低，想看看你是否醒了，但即使后面完全安静，也无法分辨你究竟是睡是醒，因为你有时静静地坐着，除了盯着前方没别的动作。

"你看到奶牛了吗？"我大声说。

大约有一百多头奶牛在这里吃草，奶牛是一种耐寒的动物，毛茸茸的，其中许多颜色较浅，有些几乎全白，但大多数呈米色，甚至有些偏黄，另外还有一些棕色的品种，同我小时候见过的那些不太像，我小时候见过的奶牛接近红色，这些牛的肤色更深，更像泥土。

我从未见过它们奔跑，它们总是像雕像一样站着吃草或躺下休息，无论风雨、冰雪还是烈日。

后排没有传来你的声音，我暗自窃喜。这样的话，等我们到达你母亲那儿时，你应该已经休息够了。毕竟她很期待和你见面，如果你到时候睡着了，她可能会有点失望。

汽车在树林间滑行，奶牛、平原和海景都消失了。前往于斯塔德的剩余路途需要穿过桑德森林，林奈在十八世纪进行所谓的"斯堪的纳维亚之旅"时，安排种植了这片森林，大概是为了固定土壤，防止被风吹进内陆的田野。

现在看上去，这片森林仿佛会一直在这里生根。

树枝光秃秃的，你仍然可以清楚看到树与树之间的距离，不像短短几周后，届时它们会变得非常茂密，开车时仿佛像穿梭在走廊里一样。我瞥了一眼森林，由于速度太快，我看到的是树木之间的空隙，林地好似一张米色地毯，齐刷刷的高草地上蹿出白桦树的树干。我想起走在草地上的感觉，从我还是个孩子的时候开始，我就常年在森林里徘徊游荡，不知不觉积累起对大自然的体验，当有什么意外的东西将这种体验唤醒，它们就会像雪崩一样汹涌而至——春天的鸟叫声，夏日清晨凉爽而近乎有光泽的空气，冬天湿雪的气味，还有秋天傍晚时黑暗中的雾气。

我希望你和你的哥哥姐姐在你长大后也能如此。但是如何让你用我感受童年经历的方式，去感受我和你相处的时光，这点我倒是一直没有头绪。所谓现在，无非就是平淡的日常生活，吃一顿平淡无奇的晚餐，开车去各个地方，到了晚上再一起坐在电视机前的沙发上，消磨时光。

你能从这平淡的生活中提取出魔法吗？

你当然能，因为重要的并不是回忆本身，而是回忆点亮的空间、撞击的和弦，还有与另一个时代的共鸣。对我的父母来说，我长大的岁月也不过是平凡的日子罢了。鸟鸣只是鸟鸣，夏日的光只是夏日的光，秋天的雾只是秋天的雾，雪的气息只是雪的气息。

在于斯塔德外的环岛，我选择朝城市的方向开，没有挑更快的路线走，那条线需要穿过工业区，再上高速公路。我们不差这点时间，而且在市中心还有更多值得一看的地方。长长的林荫大道像箭一样笔直地通往火车站和海港区，去往波兰和博恩霍尔姆的大型渡轮高耸在码头上，接下来会经过能追溯到上世纪初的剧院，当时剧院可是一个重要的社会场所。过了停泊着小船的码头，往山上去，两边是住宅区，山顶是一个新的环岛，将城市道路与工业区道路以及通往马尔默和特雷勒堡的道路连接起来。

我喜欢这座城市，数百年来，它和平地坐落在波罗的海畔，对岸常受战争肆虐，但它却没有受到丝毫影响。和所有外省城市一样，它是一个自给自足的地方，它具有所有农业城市的共同点，即排斥新事物，土生土长的东西才最好，只要是不好的，全是从外面来的。每个人都读当地的报纸，这才是真正的"报纸"，虽然这上面刊登的是一些司空见惯的小事，但当地的力量令这些小事变得有意义，又有谁会不喜欢读这些报纸呢？

直到我们搬来这里多年后，我才明白我喜欢住在这里的主要原因。其实答案与我的童年有关。我从小在挪威南部长大，距离拥有约一万五千人口的地区首府大约十公里，夏天到处都是游客，冬天却几乎无人问津。这里的社会结构和那儿一模一样，我之所以没能一眼认出，主要是因为景观差异特别大，让人几乎看不透城市的结构。但于斯塔德就像阿伦达尔，有时我喜欢在周六早上去城里逛逛商店，到糕点店吃面包，无意中听到当地人谈论当地的事情，看到邻居们寒暄，在步行街上问候彼此，说不定说几句笑几声，就各奔东西了。如果下雨，只需添一顶能抬起帽檐的帽子、一件外套和一双雨鞋，你就仿佛置身于十八世纪。

在这样的地方长大，你可能最开始并没有什么抱负和志向，但等你到了十几岁突然有了理想，那它便代表了世界上所有的错误集合，成了你想要摆脱的一切，因为它是如此的渺小，如此的狭隘。年轻的时候你心里百感交集，渴望着能结束这里的生活，离开小地方，去往真实的大世界。在那里，你关注的全是些重大事件，心中满怀着开放的新式理念。

至少对我来说是这样。

后来我变老了，又有了孩子，突然发现自己又回到了我成长的环境中，只不过是从另一个角度看。我并非有意识地选择这样的生活，也从来没有打算要去我长大的地方居住，但一切就是这么凑巧。某一天，我刚好来到这个地方。如果我不喜欢这里的一切，那总有一天我会去别的地方。所以这一定意味着，我喜欢这里的小，喜欢这里的拥挤，喜欢坐在花园里，远离世界所有的重心和核心地区。

无论如何，我想要寻找的，从来都不是新的事物，我追求的是新事物所表达的旧的真理。

在去往马尔默的五十公里的路途中，你一声未出。我放着音乐，偶尔瞥一眼车外的风景。土壤在萌芽的绿色和棕色之间交替出现，在森林的阴影中，有些地方几乎呈黑色，另一些地方却显得异常干燥和轻盈，仿佛像沙子似的。在一个地方，我看到两根一人多高的巨大水管躺在田野中央，阳光太耀眼，所有的颜色都消失了，就好像两根光做的水管躺在那里，两端的洞黑得像黑夜。向内陆延伸的森林，远远望去就像灌木丛，光秃秃的，在光线下隐隐泛红。接着是一片茂密的冷杉林，顶端闪着鲜绿色的光，而树身则被阴影笼罩。这种景象在我心中唤醒了一种渴望，就像周围的风景洒满阳光时，冰凉的黑色湖水唤起的那种渴望一样，因为阴影有一种特殊的触感，当周围一切都平淡无奇，你就能体会阴影的深度。

我在路边见到一只兔子的尸体，灰色的柏油路上凌乱地散落着一团毛皮，上面有一摊明亮的血迹。几公里后，我又看到一只死去的獾，它的外表看起来完好无损，仿佛在阳光下睡着了一样，黑白相间的鼻子看得一清二楚。

我们开到马尔默郊外的一个小山丘上，在那里你可以俯瞰整座城市的景色，可以辨认城里三座最高的建筑，旋转大楼、王子大楼和希尔顿酒店，我一直想再看一眼，毕竟曾经在酒店旁住了几年。接着我朝通往赫尔辛堡的高速公路驶去。正当我加速驶入公路时，仪表盘开始闪烁，是小加油泵的图标在发光。我看了看燃油表，油位刚入红色档。这有些奇怪，因为过去的我，通常能无意识地大致估摸油箱里剩余的油量，不算特别确定，就像你对生活中的某些情况有个基本概念那样，好比说你总是知道面包篮里有没有面包，浴室里有没有肥皂，冰箱里有没有牛奶，草坪上的草有多长，今天是什么日子，现在是一天中的什么时间，以及你要搬进车库里的自行车大概有多重。

我知道经过巴舍拜克的路上有一个加油站，一直盼着快点到，一来我可以检查一下你的情况，顺便买杯咖啡，再者除了加油，也许还要加满挡风玻璃的清洗液。

虽然从那里看不到核电站，但每次经过巴舍拜克或转入加油站时，我总是会想到它。过去我只是从远处，或从马尔默看到过它，但那番景象总是让我隐隐不安。倒不是因为我害怕会发生什么事故，害怕它给整个地区带来灾难，而是因为那里的运转仿佛神迹。

当我把车停在加油站的泵旁关掉发动机时，你突然从后排发出尖叫。我绕到那侧，打开后车门，进到车里，俯身看着你。

"你好，"我说，"醒得这么突然吗？没什么事，对吧。稍等一下，我给你弄点牛奶。"

我四处寻找奶瓶，可愣是没找到。

会在哪里呢？

噢，该死的。

我又把它忘在邻居家里了。

这下我清楚想起来，我把奶瓶放在了餐桌上，但却找不到从桌子上再拿走的记忆。

"我们可以买一个新奶瓶，"我说，"这里有一个购物中心。但是我要先把油加满，好吗？"

你继续咧着嘴哭。我解开你的安全带，把你抱出来，在车外站了几分钟。幸运的是，你不哭了。

我一只手抱着你，另一只手打开油箱盖。然后我站在自助机器旁，伸手去拿后袋里的 visa 信用卡。

但卡不在口袋里。

这张卡原本一直放在右侧的后袋里，连同身份证一起。

我难道会把它放到另一个口袋里吗？

不，也不在另一侧的口袋。

你低头看着地面，我用双手把你举到我面前。

"出了点小事故，"我说，"我们身上没钱。车也快没油了。你的奶瓶也忘记带出门了。"

你没有对上我的目光，只是继续斜眼看着地面。

"我们能搞定的，对吧？"

我再次把你抱在胸前，打开门，把你放在座位上。你开始尖叫。我给你绑好安全带，关上车门，坐进前座里，接着发动引擎，开回阳光普照的高速公路上。

那天早上付账的时候，我把那个小小的卡包放在了桌子上，付完了却不记得把它放回口袋里。

我现在记起了整个事件的过程，但当时我人仿佛灵魂出窍似的。

该死的，要命。

该死的，该死的，该死的。

我必须尽快加到油，而你也必须尽快吃奶。可我在赫尔辛堡不认识任何人，你妈妈也没有钱，这我知道，因为前一天她嘱咐我带钱。原本的计划是在医院的自动取款机上给她取钱。现在这办法行不通了。而且我也没法从银行取款，因为那张身份证我也没带。

或许可以从医院的病房借一些，然后明天再把钱还了？我长得也不像是逃犯的模样。

"你觉得，你能再坚持一个小时吗？"我说。

你的哭声让我觉得仿佛有人在我的心脏上磨刀。

"现在一切进展顺利，你看，"我说，"只是你有一个白痴父亲。"

我琢磨着要不放点音乐，但即便这么做也没法淹没你的哭声，没奶喝这事确实太残忍了。我坐在驾驶座上，往兰斯克鲁纳驶去，大约十分钟后，你的哭声逐渐变成一种拉长了的打嗝声，之后便完全消失。

你睡着了。现在我不想吵醒你，所以当我重新打开音乐时，我把声音调得很轻，在引擎的轰鸣声和轮胎在柏油路上滚动的呼呼声中几乎听不见。

过了兰斯克鲁纳不远，路就陡峭起来，在山顶有加油站和一些快餐店的地方，可以看到赫尔辛堡的景色。从山顶看非常壮观，至少我是这样认为的，因为在斯科讷省不太能找到如此有利的地形，路大多都是平坦的，而这座小镇位于瑞典和丹麦间狭窄的海峡旁，地理条件无与伦比。海峡对面是赫尔辛格，哈姆雷特居住过的城堡清晰可见，两座城市之间有渡轮往来，白色的大船行驶在波光粼粼的蓝色水面上，极是秀丽。

我们开车下山，穿过平原，再接着爬下一座山，终于进入了通往赫尔辛堡的出口。穿过一个缓坡后，我们来到一片模糊不清的区域，既不是城市也不是乡村，接着我们来到一个大环岛路口，这条路似乎被封闭了，我们沿着建筑物开了几百米，在靠近海港的地方，路面开阔起来，在灯光下闪闪发光，我向右拐弯，开上山，朝高耸在山顶的医院驶去。

我们的大车还是一辆新车的时候，我有好几次刮到水泥柱子和水泥墙，之后我就不敢再把它开进多层停车场了，于是每次都很难找到停车位。

平时我都是在入口前的开放停车场慢慢开几圈，因为迟早会有车倒出来腾出空位，不过今天运气好，有两个相邻的空位，我停了下来，然后熄火去后排接你。

你还在睡觉，我解开安全带，拉起把手，把放在车里的安全座椅连带你一起抬出车外，小心地让它背对着太阳，以免光线照到你的眼睛。

我提着座椅走过广场时，轻微的晃动把你吵醒了，但你这次没有哭，只是躺在座椅里慢慢眨着眼睛。

谢天谢地。

噩梦一般的情景是一进病房你就开始尖叫，而我和你妈妈都安抚不了你，因为你要的是奶，我们没有。这个场面万一让工作人员看到，一定会对我们有想法吧。他们会觉得我们是不称职的父母，没有能力照顾你，然后他们还会发现，我们家里还有三个孩子。

乖乖，不要哭。当我走近医院的自动门，我心里默念，千万别哭，别哭。

医院的入口就像一个小广场，有一家药房和一家咖啡馆，大约有三十个人在里面，有的坐在桌旁，有的穿过走廊，有的站在药店的货架前，有的站在咖啡馆的柜台前。有些是病患，坐在轮椅上，或是推着一个悬挂着袋子的移动支架一起走动，袋子里的药水通过塑料管连接着他们的手臂，有些很健康，步伐很快，另外还有几个带孩子的家庭。

"这是你出生的地方，你知道的对吧。"我一边说一边低头看着你。你一动不动地躺着，盯着前方，然后用一只手轻轻挥了挥。

你出生的时候我们在这里待了整整一个星期，之前我也来过这里很多次，也去看望过你的母亲，所以我很熟悉。进入电梯厅后，我按下了中间的按钮，眼睛扫过各个电梯门上方的数字，看看哪部电梯正在下行，这样我们可以站到前面等。

电梯内光线的变化和我们进入电梯时我所做的动作都没有让你意识到你的处境，你只是凝视着空气，接受正在发生的事情。也许饥饿的感觉是如此微弱，被不断变化的新环境掩盖掉了。

我们走下楼时，你妈妈通过门缝看到了我们，她立即找了一名护士帮我们开门。

"哦，我的小心肝，"她一边说一边弯下腰看着你，"哦，你真漂亮。你真漂亮。"

我解开安全带，把你举起来递给她。

她紧紧地拥抱住你。

"医院给了我们一个房间，可以在里面待一会儿。"她说。

"她该换尿布了。"我说。

"我来吧。"她说。

"还有我没带牛奶。"我说。

"不过你看起来还不错，对吧，亲爱的？"她对你说。

我一手拿着婴儿座椅，一手拿着包，跟随你们穿过走廊。大门敞开的电视室里总是坐着一群人，继续往前走，我们进入走廊尽头的一个房间。

我们站着欣赏你光着身子躺在床上踢腿的模样，聊到你和你的哥哥姐姐，还有你妈妈很快就能回家，整个过程中你一直活泼又开朗，直到我们要离开时，你开始呜咽，似乎马上就要哭出来了。在你妈妈给你穿外衣的时候，我去找了一位护士，她坐在一间像笼子一样的房间里，我们目光接触，她起身走了出来。

我把情况做了番解释，卡忘在家里，油箱又几乎快空了，仅存的一点油没法支撑回家的路。医院是否有现金可以先借我三百克朗，这样我就能回家了，然后明天再来还钱。

"很遗憾，我这没法办，"她说，"我们不借钱给来这里探视的人，我相信你应该理解这一点。"

"但我明天就能还。我明天会过来的。借钱是为了加油。我身边还带着小女儿。有点急事。"

"很遗憾，这我没法办。"她说。

我看着她，然后我转身回了房间。我没有说我忘记给你带牛奶的事，这样她可能会打电话给儿童保护服务中心。

离别前，你母亲在你脸颊上亲了一口，我把你固定在安全座椅上，然后提起座椅，给了你母亲一个吻之后就往出口走，你坐在摇摇晃晃的座椅里开始哭。

看来情况只会越来越糟，我一边挥手一边思考，走进电梯后我问自己，我到底该怎么办？

"一切顺利，没事。"坐电梯下楼时我看着你说道。你躺在座椅里尖叫着，眼里充满了泪水。

穿过大厅，我走到停车场的汽车旁。有那么一刻，我在犹豫是否应该把你从座椅里抱出来，搂在我怀里，这样也许你就会停止哭泣，但这种想法基于一种错误的希望，因为迟早我不得不把你扣回去，一放到车里，你又会重新开始号啕大哭，不如现在一次性哭完。我一边想一边在座位上系好安全带，接着启动引擎，驶离医院。

我应该怎么办？开车进加油站，说明情况，要求给我赊账？

他们不可能同意的。

我把车拐到通往市中心的道路。

要不去银行，我账户里有钱，网上有我的照片，我可以让他们查一下。

这办法可行。

但是北欧银行在哪儿呢？

我开车下山，在港口旁边的路口右转，沿着宽阔的道路行驶，注意着我们经过的街道。

看不到银行的踪影。

我继续沿着城镇的缓坡向上开，进入市中心外的街道，但那里只有汽车经销店和大型超市类的商店，不像是有银行的地方。

你在后座大声尖叫。

我在思考，车里很暖和，或许摇下车窗会有点帮助。我按下了车门上的按钮，车内立即充满了扑腾的空气，但有些狂野，无法控制。我只好把窗关上，打开空调，再次下坡驶向市中心。

我把车停在山脚下，挨着一条通往市中心的街道，然后拿出我的手机，用谷歌搜索赫尔辛堡北欧银行，点击出现的地图，研究了一会儿。这家分行似乎离我们所在的街道稍远一些。

"现在我们只能祈祷。"我说。

这次你没有那么快发出尖叫，也许是因为你已经筋疲力尽了。我解开椅子，把它拿出来，锁上车门，开始往城里走，你在我手里晃来晃去，脸已经被泪水打湿。毕竟你从来没有这么长时间不吃东西，不得不体验这种前所未有的感觉。

我以最快的速度往前走，每跨一步，你的椅子都会撞到我的大腿上。为了避免这情况，我不时地把座椅往上提，抱在胸前，有时用右手，有时用左手。街上有很多人，他们戴着墨镜，提着购物袋，有的手里还拿着冰淇淋，无忧无虑地从商店橱窗前走过。我在想，和他们相比，我们俩仿佛来自另一个世界。

你又开始哭了，但不像在车里那样愤怒而且用力十足。

有人在看我们。

见鬼去吧，你们这些该死的白痴。我心里念道。

要是银行柜员能理解我的情况就好了。

但这里是瑞典，机会不大，因为这儿什么都得照本宣科。

而且人们也乐意跟着这些条条框框办事。

那为什么我没入乡随俗？为什么我总是落入这种尴尬的境地？

我走得更快了。大概在五十米之外的地方，我看到了左手边一家带有北欧银行标志的门面。

里面坐满了人，全是老人，他们坐在靠墙的椅子上，或者站在中间的柜台前，动作缓慢地填着各种表格。当我们进去时，很多人看着我们。我从机器上拉出一张号码单，然后把椅子和你放在地板上。

等待的时间会很久。

我解开你的安全带，把你抱在胸前，走来走去，好让你分散点注意力。

大概二十分钟后轮到我们了。我单手抱着你走向柜台。

"你好。"我说。

"你好。"柜员是一位五十多岁的女士，她回应道。

"是这样，我出现个问题。"我说。

"怎么了？"

"我住在奥斯特伦。我开车过来的，到这里后车基本没油了。我把银行卡忘在家里了，还有身份证。我有北欧银行的账户，里面有钱。实际上，账户里的钱相当多。如果没带身份证，可以取钱吗？如果不嫌麻烦，你能从谷歌网站上搜到我，网上有我的照片，所以可以证明我就是我所说的那个人。"

说完这番话我羞愧地脸红了。

她看着我笑了笑。

"没必要，"她说，"你应该有密码吧，网上转账的时候需要用的？"

"哦，"我说，"是4740。"

"你能写一下你的姓名、地址还有银行账号吗？"

我照她要求通通写下来。

"你想取多少钱呢？"她问。

我用茫然的眼神看着她。

"我不知道。也许一千克朗？"

"这你决定。"

"那就一千五吧。"

她在电脑上输入了什么，然后打印了一张单据，又取出了现金，一起放在我们之间的柜台上。

"万分感谢！"我说，"太棒了！"

她微微一笑，按了下按钮，新号码在我们上方的屏幕上闪烁。

半小时后，我坐在你旁边的汽车后座上，把牛奶倒进我们新买的瓶子里，拧上盖子，把奶嘴塞进你张开的嘴里。你贪婪地喝着，眼睛睁得大大的，但完全看不见别的东西，双手伸向奶瓶，尽管你自己根本拿不住。

"天哪。"我边说边看向窗外，有两个人影掠过。然后我又看了你一眼。

"好喝吗？看起来不错。"

你只顾着吮吸，咂咂嘴继续喝。

瓶子空了后，我给你擦嘴，然后换尿布。等我给你系好安全带时，你又开始眨眼了。

"真是不寻常的一天！"我一边说，一边坐上驾驶座。启动引擎后，我开车出城。往山上开，进加油站，机器上的数字不停在跳动，每次看都会引起一种轻微的不适，因为这跳动的数字就代表着钱的流失，但这一次却让我有种强烈的满足感。

你一路睡到于斯塔德，我们在那儿的火车站外停了半个小时。也许当我出去接你的外婆时，应该把你留在车里。她

专程从斯德哥尔摩坐火车来帮我们打理家务事，但一想到你
醒来可能会发现自己孤身一人留在车里的情况，我决定提着
你的安全座椅，带你穿过马路，去火车站台一起接外祖母。
火车几分钟后就进站了。

　　过去的一年里，你外祖母一直会定期到我们家来帮忙，
因为那段时间你母亲总是在医院和家之间来回。而我，虽
然我希望自己能把家里大小事务搞定，但我意识到我们的
确是需要帮助的。三个孩子和一间大房子意味着，除了日常
工作，家里还有许多实际的事情要干，只有我一个人应付的
时候，我只能忙着先把家务活儿完成，没法腾出时间陪伴
孩子，也没法让他们享受安宁的生活，而每回你外祖母来这
儿，家里就多了一种温暖的氛围。

　　下火车时，她热情地向你打招呼。我只字未提刚才的这
番冒险，只说一切都很好，我还告诉她，你的母亲，也就是
她的女儿，很快就要出院了。说罢，我一只手抓住她的行李
箱，另一只手抓住你的安全座椅，和她一起上了车。

　　当我们驶出森林，进入奥斯特伦延伸而来的平原时，面
前的大海不再是深蓝色的，而是闪闪发亮的金黄色，在阳光

直射的地方几乎呈白色。我们可以远眺平原上的风车叶片，就在形状微小的树冠上方，在风中飞速旋转着。

那天下午我告诉你的哥哥姐姐，他们很快要有小妹妹了，三个孩子高兴得不得了。家里要诞生一个小婴儿，这超出了他们的想象。但是你哥哥不信！因为我经常和他们开玩笑，编造一些不可能的故事和理论，在童年的这个阶段，他们不知道故事的真假。你哥哥一直都不喜欢我编的故事，也许是因为里面有些令人不安的情节，所以他的回复一直是：爸爸，别开玩笑了。

现在他同样拒绝相信这则消息。

我向他保证，我绝不会拿这种事开玩笑。

但是不，他不相信。他问，我是否允许他打个电话给妈妈。

当然可以。

我拨了号码，接通后把电话递给他。他抓起话筒，放在耳边，然后走进了花园。我听到他喃喃自语。当他转向我们时，脸上洋溢着喜悦之情。

"我们要有个小妹妹了！"他喊道。

"说一些我们不知道的事情。"你的姐姐一边说，一边看着弟弟欣喜若狂的样子大笑起来。

我想我真的不能继续寻他开心了。

你生下来的时候，他们期待了一整个秋天。我想，在你母亲进出医院的那几个月里，有这份期待，他们的生活也能轻松一些。

那是在预产期前一个月，你妈妈还在家里，有一天晚上突然破水了。她把我叫醒去喊救护车。救护车悄悄地从窗外滑过，下雪了，一切都软乎乎黑漆漆的。第二天早晨，我通知你的哥哥姐姐，妹妹要出生了。他们很兴奋，或许一到学校就会把这消息说给所有认识的人听。然后我给你外祖母打了通电话，她接到消息便立即赶了趟火车，准备来家里帮忙，而我正好可以开车去赫尔辛堡的医院。

他们安排了第二天的剖腹产手术，那天是你姐姐的生日，她快十岁了，这是一个重要的日子，而我现在不得不打电话给她，说我们没法陪她过生日了，只能等几天后再庆祝。但是后来值班的助产士不建议剖腹产，你妈妈突然分娩了，所以当晚你就出生了。第二天一早我开车回家，在路上停了停，买了一部苹果手机，几年前我就答应过你姐姐，十岁的时候要送她一部苹果手机作为庆祝。然后我回到病房，看见你躺在一个带轮子的小玻璃笼子里，身穿小睡衣，头戴小帽子，盖着一条小毯子，睡得正香。

你的哥哥姐姐看见你，兴奋之情久久没有散去；每天放学回家，离家的最后一段路他们都会撒腿跑，在门口扔下背包，踢掉鞋子，然后冲进屋子里看你。你是在兴奋和快乐的氛围中长大的。他们给予你的是无条件的爱，除了存在本身，不需要你做任何事情。

今天下午也是，他们回到家后做的第一件事就是跑来看你。看到外祖母在家，他们也很高兴。外祖母到了家，立刻开始在厨房里忙活，她从冰箱里拿出食物，把锅碗瓢盆放在炉子上，整个屋子都弥漫着她的能量。我把你抱进浴室，放在更衣台上，小心翼翼地脱掉你的衣服，而你像往常一样躺在那里，眼睛盯着你头顶上方旋转的小飞机。

那天我一次也没有想过早上马桶里的血迹。现在我想起来了，仿佛人的记忆与房间有关，而不是与人本身有关。

我不再害怕，只是为一切没法井井有条而烦恼，总会有意外出现扰乱思绪。

我身体前倾，嘴唇贴在你温暖的小腹上，吹了口气。

你吃惊地瞪大了眼睛。

我又做了一次，这下你笑了。

接着我给你换上尿布、一条新裤子和一件小毛衣，然后把你举到镜子前。

"看这个小可爱是谁？"我说。

你好像不感兴趣。我把你带到厨房，外祖母正在那里切菜，收音机开着，窗户也敞开着。

"我能把她留在这里一会儿吗？"我问道。

"当然可以，"她说，"你需要腾点时间给自己。"

我从客厅拿来婴儿摇椅，把它放在地板上，然后把你固定在上面。接着我烧了一壶开水，热气腾腾的水倒进杯子里，杯底沉了一些红褐色的咖啡粉，我带着杯子出去了。

花园看起来跟早上不太一样，早上的时候，太阳在天空的另一端。吹拂而过的风也让它发生了变化。

我看着还没长出叶子的梨树和旁边的李树，树下开满了蓝色的花。它们在阳光下闪闪发光，在绿草的映衬下颜色鲜明，轮廓柔软。花园里到处都是黄色的水仙花，还有满院子含苞欲放的郁金香，一片绿莹莹的模样，虽然没有花朵，但是绿意盎然！湿润，深邃，一种给予生命承诺的绿。

再过几个小时，当黄昏降临，蓝色的花朵不再闪耀，而是在渐暗的光线中泛出淡淡的光，还会带有一些蓝色调，因为届时所有的绿色都会消失。

我沿着石板路向花园另一边的房子走去。树荫下的空气尖锐而寒冷，就像春天里光线和空气经常表达相反的东西一样。光线诉说着夏天，空气诉说着冬天。

我关上身后的门，在桌子后面坐下。

很不错。

一有机会我就到这儿坐着。你母亲在家的时候，或者你外婆或祖母在的时候，我几乎一直待在这里。我一大清早先要送你的哥哥姐姐上学，等放学了再去接回来，除此之外，一天里剩余的时间我都会坐在这里。

我喜欢独处，这算是一种挺简单的生活吧。

我的父亲，你的祖父，也是如此。在我长大的房子里，他有一间像宿舍似的房间，大部分时间他都待在那里。

我不喜欢他的行事风格，所以我想成为和他不一样的父亲。但每次我一关上身后的门，你和你的哥哥姐姐就好像在我脑海里消失了，我不再去想你们的事情，只管走进自己的世界。

不过实事求是地说，我也并非总是如此。在家里最艰难的时候，我唯一的念想就是你，那个还未出生的你，以及你的三个哥哥姐姐。

我记得送他们去学校后，我站在地板中间，感觉自己被撕裂了，然后我突然开始哭泣。不是被感动得眼睛湿润了的哭泣，也不是那个夏日救护车抵达时的泪流满面，而是剧烈地、大声地、用力地、扭曲地哭泣。

当时我在想，我支撑不下去了。

但几分钟后就结束了。哭泣是有用的，那些无法克服的困难似乎又变得可以克服了。

你和你的哥哥姐姐都没见过我哭。你们可能觉得我很强大，就像每个孩子总是觉得自己的父母很强大一样，而且我认为，让孩子保持这种想法是十分必要的，直到青少年时期，你们开始感知到自己的力量，到那时，我身上所有的弱点都会暴露在你们面前，但你们也有足够的力量去承受。

再然后，如果未来你有了自己的孩子，那这一切又会周而复始。

从桌子上方的窗户，我可以直接看到厨房，外祖母的影子在那里缓缓地来回移动，挡住了她身后窗户的光线。当孩子们经过厨房，我也可以看到他们的脑袋，根据他们的速度和方向，我大致能猜到他们在做什么。

我们好像经历了什么事情，但这就像情绪一样，你永远不知道它适用的场景，也不清楚为什么会有这样或那样的情绪。去年夏天，我的内心仿佛烧着一把火，过去几年维系的一切，突然开始起火。当一个人过得不顺的时候，负面情绪就会向外扩散，甚至影响到周边的状况和人际关系。当人的某一面陷入黑暗时，他身上的另一面就会被郁闷之火点亮，如果他不去为恢复原本的状态与之对抗，不去分析发生的变化，那原先的他便会消失不见。一方面，你一切如常，也必须如常；另一方面，所有事情都会变得很紧迫。正是在这两方面的拉锯中，火被点燃了。这就像有时在垃圾掩埋场燃起的大火，可以持续好几年。它的燃烧范围可以变得越来越小，最后只是闷烧，但随后又出现了一些新的、戏剧性的事情，它又旧火复燃。没有人看得见它，没有人知道它，也没有人能理解它，因为一切看起来都像往常一样。但所有的关系都在这场大火中化为灰烬。友情、亲情，还有邻里关系等。我花了好几个星期的时间回复以前很注意保持联系的人的电子邮件，如果有人打电话来，我也不接。

只有那些曾经给予过我的人，那些我不得不回报的人，我才会接，其他人我都只是转身离开。就像经常出现的非善之举，他们被挡在了意识的视线之外。这种偏颇的盲目是自欺欺人的一种表现。当然也有可能我从来没有真正关心过别人，从来都只想着自己。现在的我正利用这个机会去充分地体验生活，发生的事情好像变成了一个借口，让我将除了你和写作之外的一切都拒之门外。熊熊烈火也有正向作用。我从未有过如此之多的理由去工作，也从未有过如此之多的理由去生活。

　　现在这团火似乎已燃尽，那个春日，当我坐在桌子后面，看着花园另一边的厨房时，我有一种强烈的感觉，生活中的某些故事已经告一段落，需要放手了。

　　我以前也这么想过，但想完一切照旧。

　　我起身走进屋子里。你在小摇椅上睡着了，外祖母在你身上盖了一条毯子，你的一只手放在上面。

　　"小宝贝睡着了。"她说。

　　"她度过了漫长的一天。"我边说着边走进餐厅，看桌子是否摆好了。还没有，于是我从橱柜里拿出盘子，把它们摆在桌子上，一边用食指刮掉一些干掉的食物残渣，一边看着窗外。大栗子树的树枝在风中上下摇摆，树叶还未舒展开，叶尖像淡绿色的小茧。

　　太阳挂在西边的天上，比那天之前的颜色都要深，橙色中带有淡淡的红色调，那会儿风已经完全停了。我给你穿上小背带裤，你趴在我的腿上，头靠着我的膝盖，我把白色的钩编帽子系在你头上，让你躺在婴儿车里，然后我喊你的哥哥姐姐过来。

其中两个来了，开始穿他们的上衣和鞋子。

"帮我照看一下她。"我边说边去找另外一个孩子。她躺在床上玩电脑游戏。从马嘶声中，我知道这游戏与马有关。

"你不打算加入我们吗？"我问道。

"我不想加入，"她抬起头，"我一定要去吗？"

"也不一定吧，"我说，"但很有趣。"

"哈哈。你对乐趣的定义和我的不一样。"

"那我的定义是什么样子的？"

"你觉得有趣就是穿着针织衫坐在山间的木屋里。"

"我做过吗？"

"也许没有直接这么干，但这就是你的梦想。承认吧。"

"那你的梦想是什么？"

"我要住新房子，我要一间自己的房间，不要倾斜的墙壁，然后家里要都很现代化的那种。"

"好吧，"我说，"如果你改变主意就过来。"

她没有回答，甚至没有从屏幕上抬起头。

我走向其他人那儿，穿上我的旧夹克，套上运动鞋，然后从挂钩下的篮子里拿出一顶棕色帽子。

"戴上你们的帽子，"我说，"天气会变冷。"

"你身上有钱吗，爸爸？"你姐姐问。

我点点头，戴上帽子，一只手打开门，一只手推着你的婴儿车走出去。

你的哥哥姐姐已经走出大门，正穿过后花园，身后留下细细长长的影子，地面上笼罩着某种朦胧而微弱的东西，渐渐飘散至纹丝不动的空气中。我们慢慢跟在他们后头，你抬头望着天，我盯着需要粉刷的大门，还有夏季别墅尽头墙边铺着石板的地方，几个星期后我们就可以坐在那儿吃晚饭了。房子的旧主人留下了一套饱经风霜的柚木家具，现在已经落满了树叶，在花园阴暗潮湿的角落几乎变成了泥土。

我蹲在从一棵树连到隔壁栅栏的晾衣绳下，这是我们唯一的全白色栅栏，原因很简单，当初邻居们提出要把我们这一侧连带一起粉刷掉。我穿过石墙，走到红砖谷仓前的草坪上，夏季偶尔会有两匹马站在那里。从那里我可以望向由志愿者负责的消防站，现在外面挤满了人，有些人手里举着燃烧的火把。

"看看那个，你，"我一边说一边向你低下头，"你还好吗？"

你直视着我，露出古灵精怪的笑容。

我直起腰，向消防站走去。你的哥哥姐姐朝我们走来，他们想要火把，但自己又不敢碰。

还是得我去才行。碰巧遇到认识的邻居，我便点点头，把婴儿车停在离他们稍远一点的地方。我本意是想表现得随意一些，因为我不知道该说些什么，但又不想显得冷漠。

你哥哥小心翼翼地把火把插进桶里燃烧的火堆，燃起来之后夸张地举得远远的，然后僵硬地走到其他孩子身边。姐姐也做了差不多的动作。

几个孩子们的同学的父亲都穿着全套消防员制服，还戴着消防头盔。有一次他们邀请我加入，对我来说，没有什么比火焰更美丽的东西了，但我还是选择了拒绝。有时我看到他们坐在里面，有时在外面，开着两辆巨大的消防车。一瞬间我简直无法想象自己竟然出现在这个地方，出现在社区里。即使我曾经有此愿望，那也只是妄想。

这个念头让我笑了。看见现实生活中的消防员后，我明白，心中起火找他们不管用。

火是很大的东西，而我很渺小。

我靠着婴儿车，抚摸着你的脸颊，想看看你灿烂的笑容。

可非但没见到微笑，你反而还把头扭向一边，同时蜷起双腿。

路中间停着一辆手推车，装着音响系统，旁边一个男人手里拿着一面巨大的瑞典国旗。在马路对面的房屋上方，夕阳西下，光线不再照到地面，而是落在我们头顶的树木上，在灰蒙蒙的地面上闪耀着金色的光芒。

广场上响起了进行曲，游行队伍在拉车人和举旗人的带领下，缓缓走上主干道，走下平缓的山坡。三十多人举着火把，分头点燃这里和那里事先放好的东西，其中大多数是孩子。我们身后的两辆消防车发出低沉的嗡嗡声，它们启动了，正慢慢地跟随队伍穿过村庄。

这是迎接春天的篝火仪式，在这个夜晚，整个瑞典会唱起春天的赞歌。这是我十二年前搬到这里才知道的习俗，但每年都让我感到惊讶。瑞典人自认为是世界上最现代的人，他们不爱与过去有关系，标榜自己不是古代人。对他们来说，一切恒定不变的东西都是反动的，甚至包括身体，在他们看来，身体不属于自然界的有形生物，身体是一种文化建构，一种大学为之制定指导方针的人工制品——但恰恰是这样的瑞典人，坚持每年一次聚集在巨大的篝火周围，举行这种最古老的文化仪式，唱着古老的歌曲来歌颂春天。新的恰恰也是旧的，我很难理解这一点。

但我喜欢这种反差！

当我们列队走下山坡，走上通向村外广阔田野的道路时，那些古老的意象和概念似乎不断地在创造它们的现实中穿梭。某一刻，我看到了旗帜，听到了进行曲，看到了游行的人群，所有这一切都汇聚成一个整体，在渐渐变暗的天空下，在四面开阔的农田里，太阳像一个微红的圆球挂在西边的薄雾后，这时我心中突然萌生出一种莫名的踏实感和自豪感，我们站在这里，这是属于我们的时代。下一刻，我看到了那辆放着难听音乐的蠢推车，旁边的老人穿着运动裤和四季夹克，脑袋仿佛缩在帽子里，长着大鼻子、小眼睛、胖脸蛋，在一旁努力跟着音乐的节拍，发出僵硬的、略带拖沓的脚步声。我还闻到了化肥的味道、屎的气味。前面的女人头发被一阵风吹到了脸上，她尝试把凌乱的头发理好，但很快又被风吹了回去。还有一个父亲，在大声呵斥他的女儿。

我环顾四周，黄昏下的田野，沿着溪流和农场周围生长的大树，还有无处不在的黑暗和在西边天空留下的红色余光。我低头看了看你，原来你还没睡着，只是仰面躺在婴儿车里，看着在你头顶晃来晃去的塑料小玩偶。

我们在这里庆祝迎接春天的篝火大会的第一年，你的一个姐姐把她的火炬给我，火快要灭了，火焰离手很近，她不敢拿，于是我替她拿着。再往前几百米，这条路会延伸至一座小桥，我打算把燃烧的火炬扔到桥下的小溪流里。当我走在桥的栏杆前时，手被火烫得刺痛，一不小心火把掉在了地上。它没有像我预期那般落入水中，而是掉在了旁边的地上，这下草着火了。我跑上桥，下了陡坡，把火把踢进水里，一边奋力踩着燃烧的草皮，游行的人群从我正上方经过，后面跟着两辆巨大的消防车。我的脸因为用力和吸引来的目光变得通红，连忙爬上去追上游行的队伍。

过桥时我想起了那晚的故事，每年过桥的时候我都会想起来，但其余时间却从来不会记起。丢火把的地方距离小桥有五分钟的步行路程，在山脚靠近溪流的田野上。火堆大概有三米高，圆圆的，像一个老式的干草堆。孩子们把火把扔进去，草堆便开始燃烧起来。人们站在缓坡上静静看着，大约聚集了五十人，两辆消防车停在我们头顶后方。在离火堆稍远一点的空地上，人们已经摆好了摊位和烤肉架，当地的体育俱乐部在出售热狗和饮料。

天空很快暗了下来，第一批星星出现在东方的夜空里。太阳则在西边落下，地平线笼罩着一层红色的面纱。篝火燃得正旺，噼啪作响，将火焰、浓烟和旋转的灰烬抛向蓝黑色的天空。孩子们气喘吁吁，兴奋地跑来跑去，又喊又叫又笑。因为春天来了，空气中充满了轻盈、光明和陌生的感觉。

你还醒着，我朝你低下头，在你的肚子上蹭了蹭，但你没有笑，只是在我直起身子时睁大眼睛看着我。

"爸爸，爸爸，我们可以买点东西吗？"你姐姐红着脸站在我们旁边说。她的白色夹克在灰色的灯光下隐隐发光。

"你可以自己买吗？"

"那你要跟我一起。"

我跟着她来到棚屋，推着婴儿车走过崎岖不平的地面。这里离篝火稍远，有些冷。她排在队伍里，轮到她时我走到她身边，等她点单和付钱，给她想要的安全感。

她把热狗塞进嘴里，抓着瓶子跑向自己的朋友。我站在原地，一只手插在口袋里，另一只扶着婴儿车的把手。野营桌上的番茄酱和芥末酱瓶、熏黑的热狗，还有一字排开的汽水瓶，在星空的映衬下，在火光的舞动中，几乎让人有些错乱。我仿佛站在一个平庸的世界，凝望着一个魔法的世界，我们的生活在两个平行世界的交界处上演。

我们的故乡，是一个美得令人肃然起敬的远方，初生的孩子第一次睁开眼睛，像星星和太阳一般耀眼，而我们却活在既渺小又愚钝的世界里，同烧焦的热狗和摇摇晃晃的野营桌相伴。这些让人起敬畏之心的美丽事物并没有离开我们，它们一直都在这里，无时无刻不在我们身边，存在于一成不变的万物之中，存在于太阳和星星之中，存在于篝火和黑暗之中，存在于蓝天白云和鲜花地毯之中。如此美的事物对我们并无用处，毕竟对渺小的人类来说，自然之美如此浩瀚，但我们可以向它鞠躬致意。

我站了很久，看着所有站在暮色中的人谈笑风生，孩子们在他们中间窜来窜去，橙色的火焰在黑暗中向四处伸展。当我俯身看着你时，泪水顺着我的脸颊流了下来。当你看到我的脸慢慢靠近时，你笑了，你还不知道泪水的涵义呢。

后 记

今天是 2016 年 4 月 13 日，星期三，十一点差十二分，我刚刚为你写完这本书。我的意思是，我在一个小时前完成了这本书的撰写工作。之后我去学校接你哥哥，我到的时候他好像病了，在教室外面的沙发上躺着。现在他已经躺在家里的沙发上看起了电视。你在上幼儿园。时光荏苒，你已经两岁了，拥有无比快乐和精力充沛的特点。每天早上起床时你会喊妈妈，让她抱你出去，到晚上睡觉的时候，你喜欢抱着奶瓶，一副毫无反抗的模样。前几天我起床的时候你也跟着醒了，四点多钟的时候，我正要写信，你突然站起来，透过窗户凝视着屋外黑漆漆的一片。

"爸爸，月亮！"你一边喊一边指着。

我停下来，往前探了探身，这样我就能看到你眼里的东西。

月亮挂在天上。它在黑暗中闪耀。

不知为什么，听见你的这句话，我感到很雀跃，你居然已能感受到自己在宇宙中的位置了，还能识别天体。我高兴的是，这种思维是因人而异的，那是专属你的月亮。当人开始掌握语言技能时，这是一件很奇妙的事情。我们出门时，你会忽然和我说天黑了，或是外面很黑，或是指星星给我看，就像你坐在汽车后座，每次一见到卡车，都会朝我喊：卡车！下一秒又对我说：爸爸，卡车停了下来！

但陪伴你最多的是你的母亲，每回遇到问题，你第一时间都会向她求助，母亲同时也是安慰你并给予你安全感的人。三年前的夏天，我们所经历的事情，以及那件事所带来的影响，已经过去很久了。那年春天，是你母亲最后一次出院回家。从那以后她就一直在这里陪伴着你和我们的家。那段时间里，她写了两本书，未来肯定有机会让你品鉴品鉴。哥哥姐姐每天都和你一起闹腾，当你闭着眼睛站在墙边，他们会来找你，或者穿过一个个房间追着你跑，而你则会使出吃奶的力气往前奔。当然，对家里任何人来说，你的速度都不算快。

　　你现在可以从一数到十五，但老把三漏掉。你知道房子里每件东西的主人，还喜欢报它们主人的名字，无论是鞋、夹克、玩具还是头盔。你有自己的毛绒玩具，一只北极熊，可以任你拖来拖去。你喜欢看《冰河世纪》。除了妈妈，你会说的第一句话是谢谢你。你喜欢转圈儿，直到把自己弄得头晕为止。你喜欢向人们挥手，不管是否认识他们。你觉得蓝裙子好看，并喜欢把双手放在胸前，对自己的打扮说"不错"。

　　你明白吗？

　　活着有时是苦涩的，但总有值得活下去的东西。

　　你会记得吗？

OM VÅREN by Karl Ove Knausgård
Copyright © 2016, Karl Ove Knausgård
Simplified Chinese character translation copyright © 2024 by Beijing Imaginist Time Culture Co., Ltd.
through The Wylie Agency (UK) LTD
All rights reserved
Illustrations: Works by Anna Bjerger, Courtesy of Galleri Magnus Karlsson

This translation has been published with the financial support of NORLA

著作权合同登记图字：09-2023-0966

图书在版编目（CIP）数据

在春天 /（挪威）卡尔·奥韦·克瑙斯高著；沈赟
璐译 . -- 上海：上海三联书店，2024.1

ISBN 978-7-5426-8343-4

Ⅰ . ①在… Ⅱ . ①卡… ②沈… Ⅲ . ①散文集—挪威
—现代 Ⅳ . ① I533.65

中国国家版本馆 CIP 数据核字 (2023) 第 233764 号

在春天

［挪威］卡尔·奥韦·克瑙斯高 著　　沈赟璐 译

责任编辑 / 苗苏以
策划编辑 / 李恒嘉
特约编辑 / 闫柳君
装帧设计 / 马志方
责任校对 / 王凌霄
责任印制 / 姚　军

出版发行 / 上海三联书店
　　　　　（200030）上海市漕溪北路331号A座6楼
邮购电话 / 021-22895540
印　　刷 / 山东韵杰文化科技有限公司

版　　次 / 2024 年 1 月第 1 版
印　　次 / 2024 年 1 月第 1 次印刷
开　　本 / 850mm×1168mm　1/32
字　　数 / 126千字
印　　张 / 7.5
书　　号 / ISBN 978-7-5426-8343-4/I·1849
定　　价 / 68.00元

如发现印装质量问题，影响阅读，请与印刷厂联系：0533-8510898

理想国 | 克瑙斯高作品

已出版

《我的奋斗 1：父亲的葬礼》

《我的奋斗 2：恋爱中的男人》

《我的奋斗 3：童年岛屿》

《我的奋斗 4：在黑暗中舞蹈》

《我的奋斗 5：雨必将落下》

《我的奋斗 6：终曲》

《在秋天》

《在冬天》

《在春天》

即将出版

《在夏天》

《晨星》

《小画面，大渴望》